ATLANTE
GEOGRAFICO
UNIVERSALE

VERSIONE AGGIONATA 2011

Via dell'Industria, 36
47822 Santarcangelo di Romagna (RN)

Realizzazione testi e cartine geografiche: ARTEMISIA progetti editoriali, Genova
Ideazione Grafica: *Donatella Bergamino*
Redazione: *Giorgio Bergamino, Francesca Bignotti, Francesca Chiapponi, Francesca Massa, Silvia Zino*
Cartine Geografiche: *Litografia Artistica Cartografica s.r.l.; Graphi-Ogre,* Hendaye, Francia
Copertina: *Sarah Bocconi*
Immagini di copertina: *©Shutterstock.com*

Stampato nel mese di maggio 2011 presso LEGO, Vicenza

ATLANTE
GEOGRAFICO ILLUSTRATO

Rusconi*Libri*

La terra e l'orientamento

La Terra non è ferma nello spazio, ma compie alcuni moti rilevanti per l'osservazione astronomica e per i fenomeni che da essi ne scaturiscono.

Il moto di rotazione porta la Terra a girare su se stessa in senso anti-orario (da Ovest verso Est), attorno ad un asse inclinato di 23,5° e passante per i poli Nord e Sud. Da esso derivano l'alternanza del giorno e della notte e l'apparente moto del cielo che dura circa 24 ore (un giorno). Il moto di rivoluzione è quello che il nostro pianeta compie attorno al Sole in un arco di tempo pari a 365,25 giorni, e che avviene secondo una traiettoria di forma ellittica che lo porta ad una distanza variabile fra un massimo di 152 e un minimo di 147 milioni di km.

Dal punto di vista morfologico la Terra è un pianeta in continua evoluzione, il cui aspetto cambia continuamente a causa dei fenomeni atmosferici, dell'attività vulcanica e dei movimenti della crosta terrestre. Essa è inoltre formata da strati di diversi materiali e densità a partire dall'esterno verso la parte centrale. La crosta terrestre è spessa un centinaio di km e forma uno strato che si estende anche al di sotto degli oceani. Il mantello è la parte intermedia, sede della materia che fluisce verso l'esterno sotto forma di lava, in cui si trovano strati di ossidi, silicati e solfuri metallici. Il nucleo è ricco di nichel e ferro ed è caratterizzato da un diametro di 6.000 km circa e da una temperatura di oltre 1000°C. È inoltre lo strato più interno e denso a cui sembra possano ricondursi le proprietà magnetiche del nostro pianeta.

Per muoversi nello spazio, l'uomo ha bisogno di punti di riferimento: questi possono essere il nome di una via o un particolare monumento (in una città), i cartelli stradali oppure le coordinate geografiche, necessarie quando si viaggia in nave o in aereo. Per questo motivo i geografi hanno diviso la Terra in linee verticali e orizzontali che formano una specie di reticolato. L'*equatore* attraversa la Terra in orizzontale, dividendo il globo in due parti perfettamente uguali. Le altre linee orizzontali, parallele tra loro, prendono il nome di *paralleli*. Le linee verticali, invece, corrono da un Polo all'altro e sono chiamate *meridiani*. Per convenzione si è stabilito che il meridiano 0 è quello che attraversa l'osservatorio astronomico di Greenwich, in Inghilterra. In base ai meridiani e ai paralleli si possono calcolare latitudine e longitudine di un luogo. La longitudine indica la distanza di un determinato punto sulla carta dal meridiano di Greenwich, mentre la latitudine indica la sua distanza dall'Equatore. Entrambe vengono espresse in gradi.

Fin dai tempi più antichi, l'uomo ha cercato di rappresentare la Terra, realizzando disegni, sempre più precisi con il passare dei secoli, che oggi prendono il nome di "carte geografiche". Le carte sono il mezzo più semplice per osservare le maggiori caratteristiche di un determinato territorio. Esistono vari tipi di carte, a seconda delle indicazioni che vogliono fornire, per esempio quelle fisiche, cioè i fiumi, i laghi, i monti, le pianure e tutti gli altri elementi naturali che le costituiscono. In genere, fiumi, laghi e mari sono segnalati in azzurro, le montagne in marrone, che si fa sempre più leggero fino ad arrivare al verde delle pianure. Le carte politiche, invece, vengono utilizzate per segnalare i confini nazionali e le divisioni amministrative di ogni stato.

LE MISURE DELLA TERRA

SUPERFICIE TOTALE
510.100.000 km^2

SUPERFICIE DELLE TERRE EMERSE
149.400.000 km^2

SUPERFICIE DEGLI OCEANI
360.700.000 km^2

DIAMETRO POLARE
12.714 km

DIAMETRO EQUATORIALE
12.756 km

LUNGHEZZA DELL'EQUATORE
40.076,6 km

LUNGHEZZA DEL MERIDIANO
40.009,2 km

DISTANZA DAL SOLE
149.509.000 km

DATI GENERALI

ABITANTI
5.921.000.000

DENSITÀ
39 ab./km^2

CITTÀ PIÙ POPOLATA
Città del Messico

MONTE PIÙ ALTO
Everest 8872 m

FIUME PIÙ LUNGO
Nilo 6671 km

LAGO PIÙ ESTESO
Mar Caspio 371.000 km^2

ISOLA PIÙ ESTESA
Groenlandia 2.130.800 km^2

Il clima

La Terra può essere divisa in otto zone climatiche. La zona polare, al Polo Nord e al Polo Sud, in cui la temperatura è rigida per la maggior parte dell'anno. La zona montana caratterizzata da freddo intenso. La zona temperata-fredda con inverni lunghi e freddi ed estati fresche. La zona temperata-umida in cui si alternano le quattro stagioni. La zona temperata-secca con scarsa piovosità, inverni miti ed estati secche e calde. La zona desertica e semidesertica in cui il giorno è molto caldo e la notte molto fredda; anche in questa zona le piogge sono molto scarse. La zona subtropicale con inverni miti, come nella regione desertica, ed estati calde e umide. La zona equatoriale dove regna costantemente l'umido e il caldo. A loro volta queste zone climatiche danno luogo a diversi ambienti.

Gli ambienti

LA MONTAGNA

La montagna è formata da un agglomerato di terra e roccia che si alza dalla su-

perficie della terra; essa può raggiungere anche quote molto elevate. Normalmente i monti sono uno vicino all'altro in modo da formare quella che viene chiamata "catena montuosa". Non è facile vivere in zone montuose perché il clima, d'inverno, è molto freddo ed è facile trovare neve e ghiaccio. Durante l'estate i ghiacciai tendono a sciogliersi e ad erodere le rocce su cui poggiano: si formano così le valli ad U. Gli animali tipici delle zone di montagna sono le marmotte, i camosci e gli stambecchi. La vegetazione è formata da abeti, larici, stelle alpine e genziane.

FIUMI E LAGHI

I fiumi sono corsi d'acqua che scorrono in un solco scavato nel terreno. Essi possono nascere dalle sorgenti o dai ghiacciai. I laghi sono invece distese d'acqua alimentate da uno o più fiumi, che si raccolgono all'interno di cavità naturali della terra.

LA MACCHIA MEDITERRANEA

Quello della macchia mediterranea è un ambiente tipico dei territori con clima temperato e secco. Gli alberi devono far fronte a lunghi periodi di aridità del terreno, per questo sono di solito sempreverdi oppure arbusti e piante aromatiche. Alcune specie di animali che vi abitano si stanno lentamente estinguendo a causa della progressiva riduzione delle zone boscose.

LA FORESTA PLUVIALE

La zona della foresta pluviale comprende ampie zone dell'Africa, dell'Asia e dell'America. Il clima è molto caldo e le precipitazioni atmosferiche sono molto frequenti; tutto ciò ha favorito lo sviluppo della vegetazione formata da piante rampicanti, alberi enormi, arbusti e cespugli. Gli animali tipici sono: le scimmie, gli uccelli e gli insetti. In alcune zone dell'Asia si trovano anche bufali, tigri, tapiri.

LA SAVANA

La savana è un ambiente tipico dei luoghi a clima tropicale dove piove per un'intera stagione. La vegetazione è costituita da erba molto alta e pochissimi alberi, tipo il baobab e l'acacia. In queste zone vivono animali come le zebre, gli gnu, le giraffe e gli elefanti: essi sono in continuo movimento per cercare il cibo e per sfuggire a feroci predatori quali iene, leoni, ghepardi.

IL DESERTO

La caratteristica principale di questo ambiente è la mancanza di precipitazioni: ad eccezione dell'Europa, ogni

continente ha infatti un deserto. Nella zona tropicale vi sono molte aree desertiche e la temperatura durante il giorno può raggiungere anche i 60° per poi scendere molto rapidamente al calare del sole. Esistono anche i deserti freddi, in Asia e in America meridionale: qui le escursioni termiche sono annue e caratterizzate da estati molto calde e inverni freddissimi.

LA TUNDRA

La tundra si trova a sud del Circolo Polare Artico e la sua vegetazione è composta prevalentemente da muschi e licheni.

I POLI

L'Artide e l'Antartide sono le terre ghiacciate che si trovano intorno al Polo Nord e al Polo Sud. In questi ambienti il ghiaccio non si scioglie mai e le condizioni di vita sono molto difficili. La zona artica è formata solo da mare ghiacciato, mentre l'Antartide è un continente vero e proprio e la sua superficie è più vasta di quella dell'Europa. Gli animali che abitano in questi luoghi sono coperti da strati di pelo e di grasso per sopravvivere al freddo estremo e si cibano di pesci.

PLANISFERO FISICO

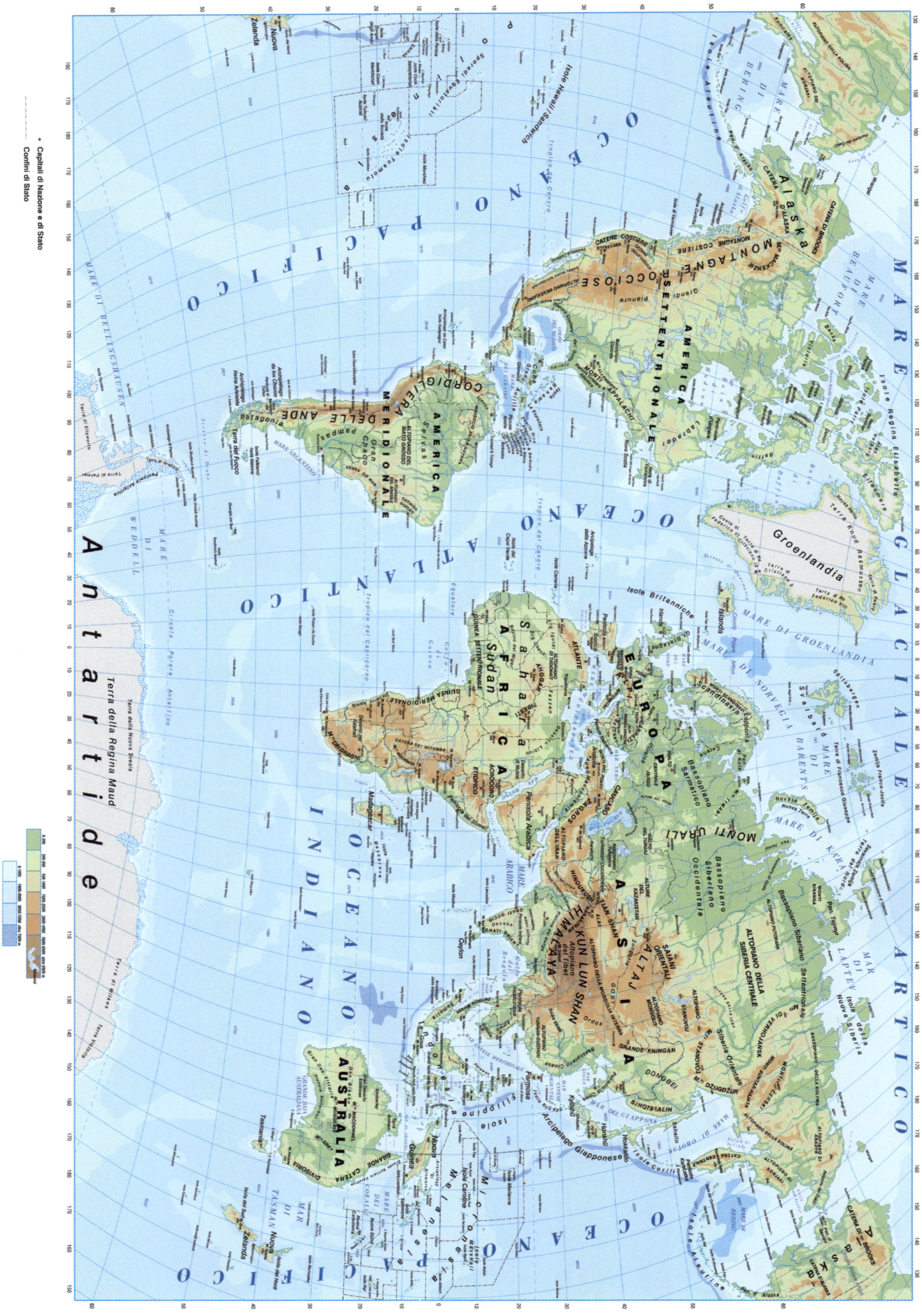

PLANISFERO POLITICO

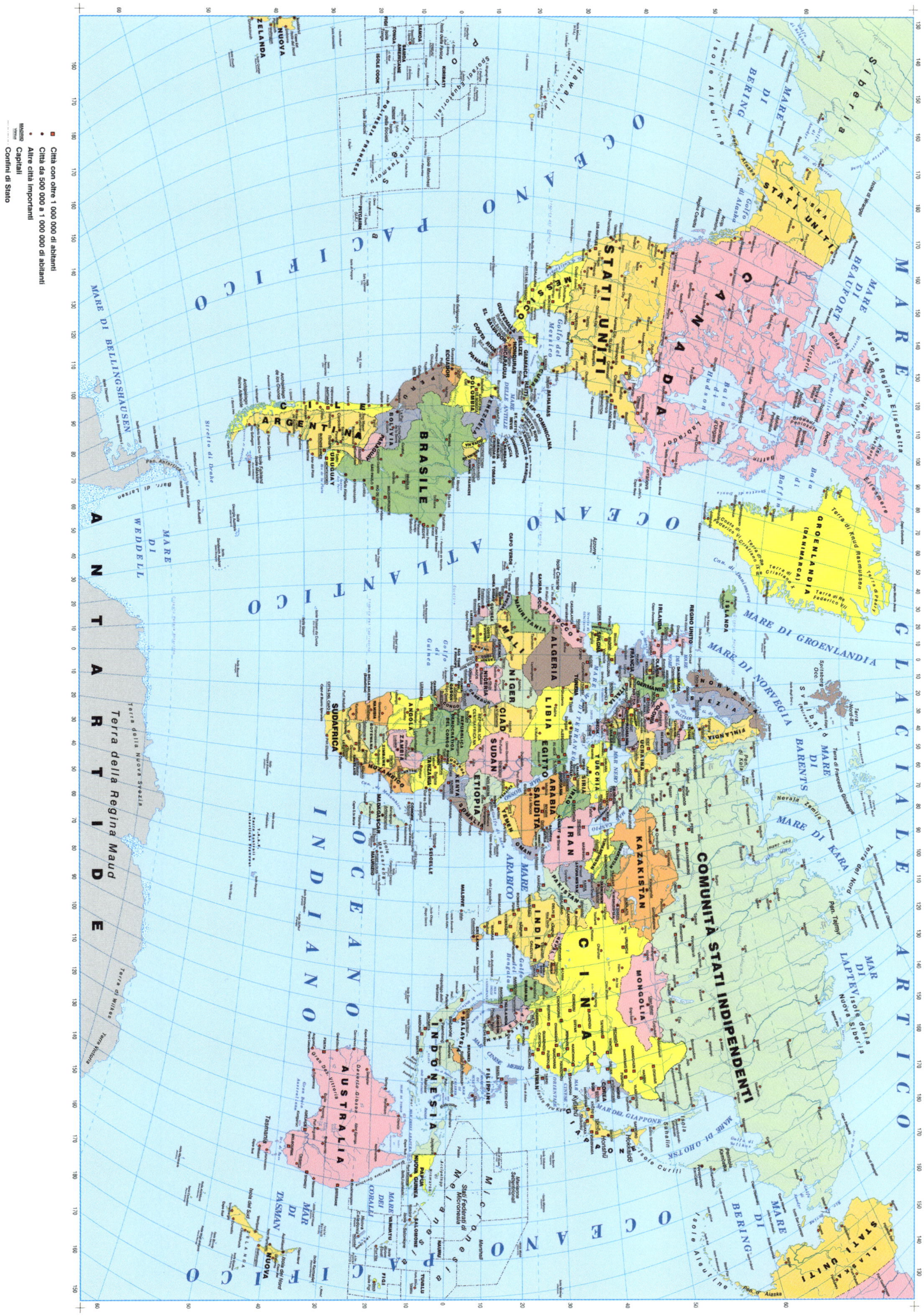

ITALIA FISICA

ITALIA POLITICA

Valle d'Aosta

▼ DATI GENERALI

Superficie: 3.264 km².
Abitanti: 120.562
Densità: 38 abitanti per km².
Capoluoghi di provincia: Aosta.
Fiumi: Dora Baltea, 160 km.
Monti: Alpi Pennine: monte Rosa, 4.634 m; Cervino, 4.478 m - Alpi Graie: monte Bianco, 4.810 m; Gran Paradiso, 4.061 m.
Passi: Piccolo San Bernardo.
Valli: di Champorcher, di Cogne, Ferret, del Gran San Bernardo, Val d'Ayas, Valpelline, Valtournanche, di Gressoney, Val Grisenche, la Thuille.
Trafori: Gran San Bernardo (Svizzera), Piccolo San Bernardo, monte Bianco (Francia).

AOSTA

È adagiata sulla riva sinistra della Dora Baltea e gode di un'ottima posizione nel fondovalle, all'incrocio delle vie di comunicazione transalpine.

Monte Cervino.

Territorio

La Valle d'Aosta è la più piccola regione d'Italia e si trova nel mezzo delle Alpi, circondata da quattro dei monti più alti di tutta l'Europa (Monte Bianco, Cervino, Monte Rosa e il Gran Paradiso).
La regione è montuosa ed è raccolta intorno alla valle formata dalla Dora Baltea. I valichi più importanti sono il Piccolo San Bernardo e il Passo del Gran San Bernardo. Questa regione ospita il Parco Nazionale del Gran Paradiso che ha il merito di aver salvato lo stambecco dall'estinzione.

Economia

La densità della popolazione è molto bassa. Le colture principali sono segale, mele e pere. Molto importante per l'allevamento dei bovini è la coltivazione del foraggio.
Fondamentali sono i settori della produzione di energia idroelettrica, quello tessile, siderurgico e turistico.

▼ OCCUPATI PER SETTORE

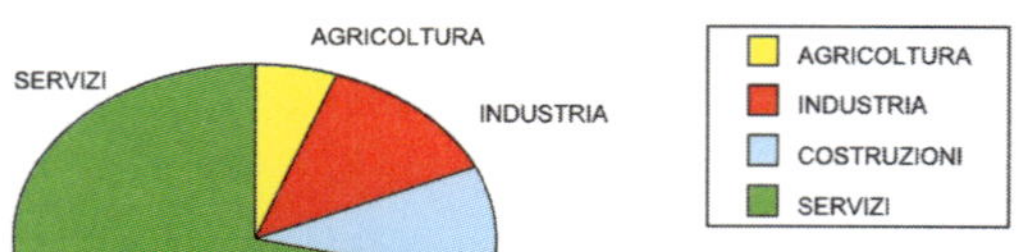

AGRICOLTURA	3.000
INDUSTRIA	7.000
COSTRUZIONI	6.000
SERVIZI	39.000

Storia

Questa regione è stata per lungo tempo abitata dai Celti, che venivano dall'Europa centrale. Nel 25 a.C. i Romani la conquistarono e fondarono la città di Aosta.
La regione passò poi sotto i Franchi dopo la caduta dell'impero romano e in seguito fu soggetta al dominio di numerosi principi sia stranieri sia italiani.

Arco Romano di Augusto, imponente monumento ad Aosta.

IL GRAN PARADISO

È il primo parco nazionale istituito in Italia e comprende un vasto territorio di alte montagne, fra gli 800 e i 4.061 metri. Tra verdi boschi di larici e abeti, estese praterie alpine, rocce e ghiacciai è molto facile rilassarsi e scoprire lo spettacolare mondo dell'alta montagna e della fauna che la popola.

Piemonte

▼ DATI GENERALI

- **Superficie**: 25.399 km^2.
- **Abitanti**: 4.293.865
- **Densità**: 169 abitanti per km^2.
- **Capoluoghi di provincia**: Alessandria, Asti, Biella, Cuneo, Novara, Torino, Verbania, Vercelli.
- **Fiumi**: Po, 652 km; Tanaro, 276 km; Bormida, 154 km; Sesia, 138 km; Dora Riparia, 95 km.
- **Laghi**: Maggiore, d'Orta.
- **Monti**: Alpi Lepontine - Alpi Pennine: monte Rosa, 4.634 m; monte Leone, 3552 m - Alpi Graie: Gran Paradiso, 4.061 m; monte Rocciamelone, 3.538 m - Alpi Cozie: Monviso, 3.841 m - Alpi Marittime: monte Argentera, 3.297 m.
- **Passi**: Cadibona, Col di Nava, Col di Tenda (Francia), dei Giovi (Liguria), della Maddalena, Moncenisio, Monginevro, San Giacomo (Svizzera), Sempione.
- **Valli**: Valsesia, Val d'Ossola, Val di Susa.
- **Trafori**: Col di Tenda (Francia), Fréjus, Sempione.

Territorio

Il nome di questa regione significa "ai piedi del monte". Infatti essa tocca l'Appennino Ligure, le Alpi Marittime, le Alpi Cozie, le Alpi Graie, le Alpi Pennine e le Alpi Lepontine.

Dall'Appennino Ligure scende verso il nord un gruppo di basse colline, fino al Po. Tra i valichi più importanti ci sono il Colle di Tenda, che collega Cuneo a Nizza, i passi del Monginevro, del Frejus e del Moncenisio e il Passo del Sempione che collega il Piemonte con l'Europa nord-occidentale.

Sono famose le Colline delle Langhe, ricche di frutteti, il Monferrato, ricco di vigneti, e le colline di Torino.

La pianura piemontese, come l'intera Pianura Padana, si è formata dallo scorrere del Po e dei suoi affluenti.

Economia

Il settore principale dell'economia è il terziario, soprattutto nei campi commerciale, finanziario e bancario.

La natalità è molto bassa ma è compensata da una costante immigrazione proveniente dall'Italia meridionale e dal Veneto.

Le zone dedicate all'agricoltura sono molto ampie e sono specializzate a seconda del clima: in montagna prevalgono le coltivazioni silvo-pastorali, mentre nel vercellese e nel novarese si trovano vaste distese di riso.

Uno scorcio delle risaie di Vercelli.

I CASTELLI

Una caratteristica delle colline di Langhe, Monferrato e Roero è data dalla imponente presenza di castelli, torri e residenze medievali, famosi, oltre che per la loro antichità, anche per gli ottimi vini: essi, infatti, accolgono le più importanti enoteche regionali.

Le colture principali sono riso, granoturco, frumento, ortaggi, frutta e vino.
Molto sviluppata è la viticoltura, da cui si ricava un decimo del vino prodotto nell'intera nazione.
Tra i rinomatissimi vini piemontesi basterà ricordare il Barolo, il Nebbiolo, il Barbaresco, il Barbera, il Freisa.
L'abbondanza dei pascoli naturali permette l'allevamento di bestiame, soprattutto bovini.
I settori industriali più importanti sono: meccanico, tessile, elettronico, alimentare, chimico, cartario, dolciario, grafico-editoriale, dell'abbigliamento e del legno.
Il turismo ha come mete principali Torino ed altre città: il centro termale d'Acqui Terme, le stazioni lacustri del Lago Maggiore e del Lago d'Orta, stazioni sciistiche come Bardonecchia e Oulx in Valle di Susa, Sestriere nella Val del Chisone.

Storia

Prima della conquista Romana, avvenuta nel I secolo a.C., la regione era occupata dai Taurini, dai Salassi e da altre popolazioni celtiche o galliche.
Il territorio fu poi occupato dai Romani durante la seconda guerra Punica, nel 218 a.C.
In seguito arrivarono i Longobardi, nel 568 d.C. e i Franchi, tra il 774 e l'887 d.C.; durante il periodo feudale venne proclamato il Regno Italico indipendente.
Quando poi il primo conte di Savoia Oddone sposò la marchesa di Torino Adelaide, nel X secolo, il Piemonte venne unificato.
Durante il XII secolo i possedimenti dei marchesi di Saluzzo e del Monferrato vennero ampliati da Federico Barbarossa.
I Savoia ripresero poi il potere agli Spagnoli e lo mantennero nonostante le mire espansionistiche dei Visconti di Milano.
Nel 1720 i Savoia ottennero la Sardegna e per il Piemonte cominciò un periodo fervido. Con il Regno d'Italia del 1861 divenne centro amministrativo e modello di organizzazione per l'appena nato governo.

Alta valle Susa, naturale via di transito verso la Francia.

Le sorgenti del Po, sul Monviso.

▼ OCCUPATI PER SETTORE

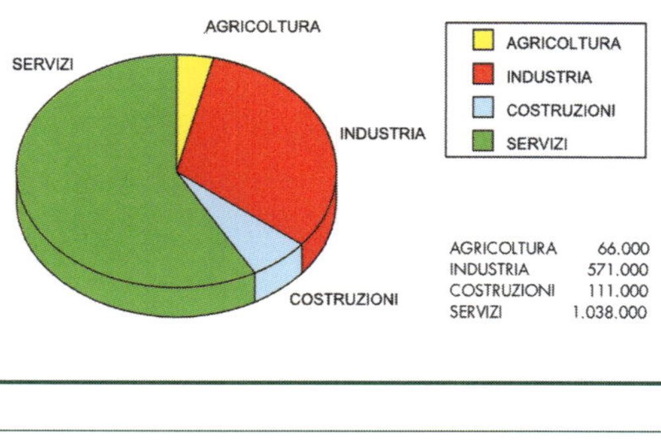

TORINO

Sorge sulla riva sinistra del Po. È un grosso centro industriale, basti pensare alla FIAT, commerciale, culturale e turistico: ricordiamo le note stazioni alpine di Oulx, Bardonecchia, Claviere e Sestriere.

▼ LE ALTRE PROVINCE

ALESSANDRIA è situata in una pianura resa molto fertile dalle acque del Tanaro e del Bormida che la attraversano. Il paesaggio è suggestivo per le bellezze naturali.

ASTI è situata al centro delle colline del Monferrato ed è bagnata dalle acque del Tanaro. È capoluogo di una zona vinicola famosa ed è un importante centro agricolo e commerciale.

BIELLA costituisce uno dei più importanti centri dell'industria tessile laniera italiana.

CUNEO è situata su di un'altura a forma di cuneo, posta alla confluenza dei fiumi Gesso e Stura di Demonte, ed è circondata dalle Alpi. È un grande centro agricolo e commerciale.

NOVARA è situata nella pianura tra il Sesia e il Ticino. È un importante centro commerciale e agricolo: basti ricordare le grandi distese di risaie.

VERBANIA fu costituita nel 1939 con l'unione dei comuni di Intra e Pallanza.

VERCELLI sorge nella Pianura Padana sulla riva destra del fiume Sesia. È un importante centro agricolo e industriale: infatti è il più grande mercato europeo del riso.

Lombardia

▼ DATI GENERALI

Superficie: 23.861 km^2.
Abitanti: 8.974.256
Densità: 376 abitanti per km^2.
Capoluoghi di provincia: Bergamo, Brescia, Como, Cremona, Lecco, Lodi, Mantova, Milano, Monza (operativa dal 2009), Pavia, Sondrio, Varese.
Fiumi: Po, 652 km; Ticino, 245 km; ; Adda, 313 km; Oglio, 280 km; Lambro, 130 km; Serio 124 km; Mincio, 75 km; Brembo 71 km.
Laghi: Maggiore, di Como, d'Iseo, d'Idro, di Garda.
Monti: Alpi Retiche: Pizzo Bernina, 4.050 m; Ortles, 3.899 m; Cevedale, 3.764 m; Adamello, 3.554 m - Alpi Orobie.
Passi: del Bernina (Svizzera), dello Spluga, dello Stelvio, del Tonale (Trentino-Alto Adige).
Valli: Val Brembana, Val Camonica, Val Seriana, Valtellina, Val Trompia.

Territorio

Regione dell'Italia settentrionale è confinante con la Svizzera a nord e delimitata dal Piemonte a ovest, dall'Emilia-Romagna a sud, dal Trentino-Alto Adige e dal Veneto a est.

La Lombardia si estende tra il Po e le Alpi centrali. Nella parte meridionale si trova la Pianura Padana, limitata ad ovest dal lago Maggiore e dal Ticino e a est dal lago di Garda. Alla Lombardia appartengono il tratto orientale delle Alpi Lepontine e le Alpi Retiche.

I fiumi principali (Ticino, Adda, Brembo, Oglio e Mincio) sono tutti affluenti di sinistra del Po.

Economia

La Lombardia è la regione economicamente più ricca fra quelle italiane.

L'agricoltura produce in prevalenza cereali, ortaggi, frutta, uva da vino, ma principalmente foraggi, ottenuti in grande quantità nella bassa pianura fertile che è fittamente irrigata da una rete capillare di canali d'irrigazione, alimentati da grandi opere di canalizzazione.

La grande disponibilità di pascoli favorisce l'allevamento bovino e conseguentemente l'industria dei latticini, ma molto rilevante è anche l'allevamento suino. L'industria è fiorente in ogni settore, particolarmente in quello metalmeccanico,

MILANO

È posta tra l'Adda e il Ticino, al centro della Pianura Padana ed è attraversata dalle principali vie di comunicazione con l'Italia e i paesi europei. Essa, oltre ad essere un importante centro culturale, rappresenta la capitale economica dell'Italia.

IL LAGO DI GARDA

Il lago di Garda è il più grande dei laghi prealpini e il più esteso lago italiano: la sua superficie è infatti di 370 km^2 ed il perimetro è 162 km. Il lago, che era in origine glaciale, si estende tra la Lombardia, il Veneto e il Trentino-Alto Adige.

nella siderurgia, che è stato nel secolo scorso la matrice dell'attività industriale lombarda; in quelli chimico, petrolchimico, alimentare, grafico-editoriale, calzaturiero e del mobile. Parallelamente all'industria una cospicua espansione hanno avuto le attività commerciali e quelle terziarie (trasporti e servizi), fra le più efficienti in Italia.
Città prevalentemente commerciale sino alla fine dell'Ottocento, poi divenuta città industriale, dagli inizi del 1980 Milano accrebbe la sua importanza anche nel settore del terziario (fenomeno che riguarda anche altre città, come Bergamo e Brescia insieme a Cremona e Mantova, Varese e Como). Di notevole rilevanza è l'apporto economico fornito dal movimento turistico, che ha i suoi punti di forza nelle stazioni di soggiorno lacustre e montano e nei maggiori centri d'arte e storia, fra i quali specialmente Milano e, in minor misura, Bergamo, Pavia e Mantova.
Un cenno merita infine la fitta rete di vie di comunicazione stradale, autostradale e ferroviaria, che fa di Milano il maggior nodo italiano dei traffici terrestri.

Lodi, la piazza del mercato, cuore pulsante della città.

Mantova, porta principale (costruita nel 1548), vista esterna.

Storia

Popolata dai Celti, forse già dal VI secolo a.C., la regione fu a lungo parte del territorio dei Galli.
I Romani, nel III secolo a.C., conquistarono poi il territorio e la regione fece quindi parte della provincia della Gallia Cisalpina.
Durante il IX secolo si formarono alcuni Comuni che riuscirono a resistere a Federico Barbarossa.
Poco più tardi, a causa dei contrasti interni tra piccole fazioni, nacquero le signorie dei Visconti e degli Sforza.
Durante il dominio degli Spagnoli nel XVI secolo vi fu una forte crisi economica.
Fortunatamente la situazione migliorò durante la dominazione austriaca che durò fino alla seconda guerra di indipendenza (1859). Dopo quest'ultima guerra, Piemonte e Lombardia divennero un'unico regno.

▼ OCCUPATI PER SETTORE

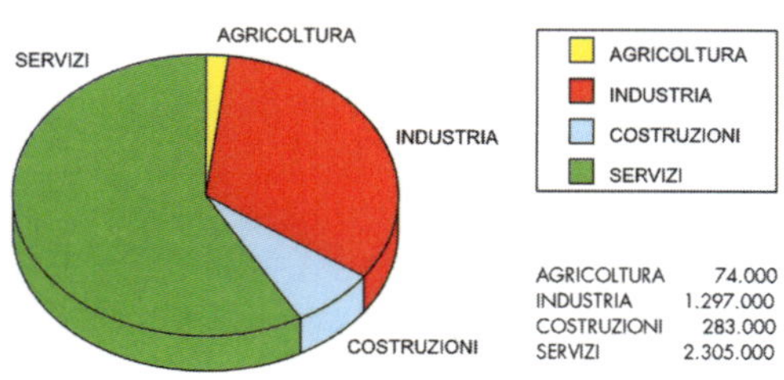

▼ LE ALTRE PROVINCE

BERGAMO sorge ai piedi delle Alpi Orobie. È divisa in città alta medievale, ricca di monumenti, e città bassa moderna, sede delle industrie.

BRESCIA situata allo sbocco della Val Trompia, è il secondo centro commerciale e industriale della regione. È anche centro turistico per la vicinanza del lago di Garda.

COMO collocata ai piedi del Monte Brunate, circondata da colline e rilievi prealpini, si affaccia sul lato meridionale del lago omonimo. È un importante centro turistico, commerciale e industriale.

CREMONA è collocata vicino al Po, nella zona più fertile della Pianura Padana. È un importante centro agricolo e industriale.

LECCO si trova all'estremità sud del ramo orientale del lago di Como. Ospita industrie tessili e meccaniche.

LODI è divenuta da poco provincia indipendente.

MANTOVA è posta nella parte orientale della pianura Lombarda, sulla riva destra del Mincio che la circonda sui tre lati. È un centro prevalentemente agricolo.

MONZA è il capoluogo della nuova provincia della Brianza.

PAVIA è situata sulla riva del Ticino, proprio dove confluisce con il Po. La zona si presenta come un'enorme laguna divisa geometricamente in frammenti usati per la semina.

SONDRIO è il capoluogo della Valtellina e della Chiavenna. È un centro vinicolo e turistico: basta ricordare i centri di Livigno e Bormio.

VARESE è situata in un dolce paesaggio collinare nei pressi del lago omonimo. È un importante centro industriale e commerciale.

Veneto

▼ DATI GENERALI

Superficie: 18.379 km^2.

Abitanti: 4.468.452

Densità: 244 abitanti per km^2.

Capoluoghi di provincia: Belluno, Padova, Rovigo, Treviso, Venezia, Verona, Vicenza.

Fiumi: Po, 652 km; Adige, 410 km; Piave, 220 km; Tagliamento, 170 km; Brenta, 160 km; Bacchiglione, 118 km; Livenza, 112 km; Sile, 95 km.

Laghi: di Garda.

Monti: Alpi Carniche - Dolomiti: Marmolada, 3.342 m - Prealpi Venete: monte Baldo, 2.218 m, monti Lessini - Altopiano di Asiago: monte Grappa, 1.175 m, Colline subalpine: monti Berici, 444 m - Colli Euganei: 603 m.

Passi: Falzàrego, Pordoi, monte Croce di Comèlico (Trentino-Alto Adige), Màuria (Friuli-Venezia Giulia).

Isole: Lido di Venezia, Pellestrina.

Territorio

Regione dell'Italia settentrionale; si affaccia a est sul Mar Adriatico (Golfo di Venezia), confina a nord con l'Austria ed è delimitata a nord-est dal Friuli-Venezia Giulia, a nord-ovest dal Trentino-Alto Adige, a ovest dalla Lombardia e a sud dall'Emilia-Romagna.

Il suo capoluogo regionale è la splendida città di Venezia.

Il termine "Veneto", che si riferisce all'antico popolo illirico dei Veneti, comparve solo nella seconda metà del XVIII secolo a designare i territori di terraferma della Repubblica di Venezia, cioè le attuali province venete, più i territori lombardi del Bresciano, del Bergamasco e del Cremasco, il Friuli e buona parte dell'Istria.

Economia

La struttura economica della regione si presenta ben articolata nei diversi settori produttivi.

L'agricoltura ha perso buona parte della sua importanza negli ultimi decenni, ma resta tuttora una delle risorse fondamentali: si producono in grande quantità grano, mais, barbabietole da zucchero, mele, pere, pesche, uva da vino, tabacco e foraggi, che danno vita a un discreto allevamento del bestiame, in prevalenza di bovini.

L'industria ha avuto negli ultimi decenni una considerevole espansione, specialmente nei centri dell'immediato entroterra di

VENEZIA

Sorge in mezzo alla laguna omonima, su 118 isolette, alcune raccolte quasi a formare un nucleo organico, altre invece disperse. È centro culturale, artistico e turistico ed è sede universitaria.

Ponte di Rialto, Venezia.

Venezia, dove operano grossi complessi metallurgici e chimici. Altrove prevalgono imprese dalle dimensioni per lo più medie e piccole operanti nei settori alimentare, tessile, chimico, metalmeccanico, vetrario, elettrotecnico e della fabbricazione di occhiali.
Sono anche sviluppate le attività commerciali e soprattutto il turismo, che ha i suoi poli di maggior attrazione in Venezia, Verona e in altri centri di interesse storico-artistico, nelle stazioni balneari di Bibione, Caorle, Lido di Iesolo, Lido di Venezia e Sottomarina, in quelle lacustri di Malcesine, Garda e Peschiera del Garda, nei centri montani di soggiorno estivo e invernale delle Dolomiti (Cortina d'Ampezzo), del Cadore, dei Lessini e degli altopiani di Tonezza e dei Sette Comuni e nei centri termali di Abano Terme, Montegrotto Terme e Recoaro.

Storia

Colonizzato da Romani intorno al III secolo a.C., dal III secolo d.C. il Veneto fu sottoposto a invasioni barbariche, stanziamenti germanici e franchi e ad incursioni magiare. Fino agli scorci del Medioevo però la sua storia non fu unitaria. Solo tra il XIV e il XV secolo, dopo un'effimera espansione degli Scaligeri di Verona, la Repubblica di Venezia riuscì a unificare la maggior parte del Veneto.
Caduta la Repubblica di Venezia, nel 1797, il Veneto passò alla Corona austriaca, poi al Regno Italico (1805); con la Restaurazione fu incorporato nel Regno lombardo-veneto (1815) e dopo la terza guerra d'Indipendenza fu annesso al regno d'Italia (1866).
Nella prima guerra mondiale fu occupato dagli Austro-Ungarici fino al Piave.

▼ OCCUPATI PER SETTORE

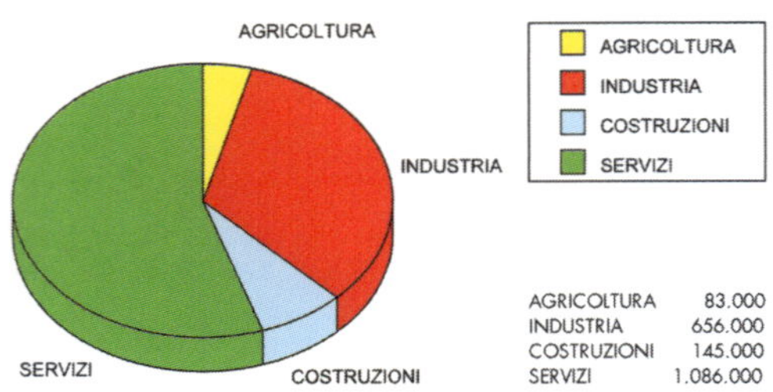

Veduta panoramica della Marmolada, al confine con il Trentino-Alto Adige.

▼ LE ALTRE PROVINCE

BELLUNO sorge sulle rive del Piave, è centro agricolo, industriale ma specialmente turistico: basta ricordare Cortina d'Ampezzo, famosa località turistica per gli sport invernali.

PADOVA situata in una vasta pianura ai margini tra il territorio agricolo e le lagune, è percorsa dal Brenta, dal Bacchiglione e da altri piccoli canali.

ROVIGO è situata tra il Po e l'Adige, nel centro della Pianura Padana. È capoluogo del Polesine ed è un centro agricolo e industriale importante grazie alla sua posizione.

TREVISO si trova a nord di Venezia in una zona ricca di canali formati dal congiungimento del torrente Botteniga col Sile. È una città dall'aspetto signorile, con ville maestose e palazzi medievali.

VERONA è situata ad est del lago di Garda, alle pendici dei monti Lessini, attraversata dall'Adige. La città è ricca di monumenti e caratteristiche piazze.

VICENZA è posta alle pendici dei Monti Berici. La città è ricca di opere d'arte, la provincia è un grosso centro industriale, agricolo e termale.

LE VILLE DEL PALLADIO

Andrea di Pietro della Gondola, detto il Palladio, fu uno dei maggiori architetti italiani del Cinquecento e durante il corso della sua vita progettò imponenti edifici civili che mutarono l'aspetto della città ed impreziosirono il territorio della provincia, ancora oggi ricco di ville e antiche residenze nobiliari.

Trentino-Alto Adige

▼ DATI GENERALI

Superficie: 13.607 km².

Abitanti: 922.313

Densità: 68 abitanti per km².

Capoluoghi di provincia: Bolzano, Trento.

Fiumi: Adige, 410 Km; Brenta, 160 Km; Avisio, 87 Km; Isarco, 85 Km; Noce, 80 Km.

Laghi: di Garda, di Caldonazzo, di Lèvico, di Molveno, di Caldaro.

Monti: Alpi Altesine: Palla Bianca 3.736 m - Dolomiti: Marmolada, 3.342 m - Alpi Retiche: Celedale, 3.764 m; Ortles, 3.899 m; Presanella, 3.556 m; Adamello, 3.554 m.

Passi: di Resia, del Brennero, Sella di Dobbiàco (Austria), dello Stelvio e del Tonale (Lombardia), del Pordòi (Veneto).

Valli: dell'Adige (Val Venosta, Val Lagarina), d'Isarco, Val Pusteria, Val di Sole, Val di Non, Valli di Cembra, di Fiemme e di Fassa, Valli Giudicarie, Valsugana.

▼ LE PROVINCE

TRENTO è il capoluogo del Trentino - Alto Adige. È solcata dall'Adige e circondata dalle montagne del Bondone e della Paganella.

BOLZANO sorge alla confluenza dell'Isarco con l'Adige. È un grande centro industriale e commerciale.

LE DOLOMITI

Queste montagne si trovano nella parte orientale delle Alpi Italiane, entro i confini delle province di Belluno, Trento, Bolzano e Pordenone e sono famose in tutto il mondo. Esse sono da sempre meta di spedizioni che poco per volta hanno aperto numerose sentieri, vie attrezzate, rifugi e bivacchi che ne fanno il paradiso dell'escursionismo.

Territorio

Il Trentino-Alto Adige è composto da due regioni distinte: il Trentino, la parte meridionale, e l'Alto Adige, la parte settentrionale.
Il territorio della regione, che è la più settentrionale fra quelle italiane, si estende sul versante meridionale dell'arco alpino, appoggiandosi allo spartiacque principale della catena, ed è interamente montuoso.

▼ OCCUPATI PER SETTORE

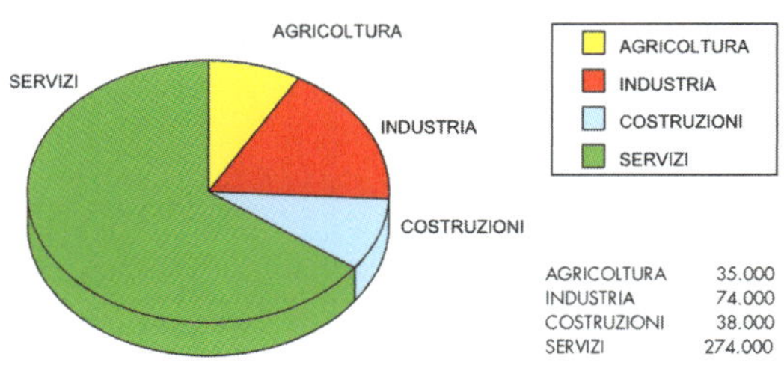

AGRICOLTURA	35.000
INDUSTRIA	74.000
COSTRUZIONI	38.000
SERVIZI	274.000

Economia

Un'attività di sussistenza (cereali, patate, foraggi) prevale nelle aree più elevate e meno sviluppate; nella Valle dell'Adige e nelle conche di Bolzano e di Merano è diffusa la vite. Nella Valle di Non si producono mele e pere. Fiorente è l'allevamento bovino.
L'industria annovera numerose imprese operanti in prevalenza nei settori siderurgico, metallurgico, meccanico, chimico e del legno.
Particolare importanza ha il turismo, che ha i suoi poli di maggior attrazione in alcuni centri storico-artistici, quali Trento, Bressanone e Merano, ma specialmente nelle numerose e attrezzate stazioni di soggiorno estivo e di sport invernali.

Storia

Anticamente abitata dai Reti, la regione fu conquistata dai Romani in età augustea. Dopo il crollo dell'Impero romano d'Occidente, venne presa dai Goti, e dai Longobardi. In seguito, nel 952 entrò a far parte, sotto Ottone I, del Regno di Germania.
Dopo le guerre napoleoniche e dopo il Congresso di Vienna, il Trentino - Alto Adige fu affidato agli Asburgo, che governarono fino alla fine della prima guerra mondiale; in seguito divenne una regione autonoma.

Friuli-Venezia Giulia

▼ DATI GENERALI

Superficie: 7.844 km².

Abitanti: 1.184.310

Densità: 150 abitanti per km².

Capoluoghi di provincia: Gorizia, Pordenone, Trieste, Udine.

Fiumi: Tagliamento, 170 Km; Livenza, 112 Km; Isonzo, 136 Km.

Laghi: di Cavazzo, di Doberdò, di Tramonti.

Monti: Alpi Carniche: monte Coglians, 2.780 m - Alpi Giulie: monte Mangart, 2.678; monte Canin 2.571; Montasio 2.753 m - Prealpi Carniche - Prealpi Giulie - Altopiano del Carso.

Passi: della Màuria, Sella di Cima Sappada (Veneto), di monte Croce Carnico, Sella di Camporosso (Austria), dei Predìl, Sella Nevea (Slovenia).

TRIESTE

È situata nella parte orientale della regione, al confine con la Slovenia. A ridosso delle alture del Carso, si affaccia sul golfo omonimo un paesaggio ricco con borghi immersi nel verde ed una costa ora rocciosa ora pianeggiante.

Orologio di piazza Libertà a Udine.

Territorio

La parte settentrionale del Friuli-Venezia Giulia è formata dalle Alpi Carniche e, anche se in minima parte, da un breve tratto di Alpi Giulie.

Il Tagliamento divide le Alpi dalle Prealpi che sono meno alte, molto rocciose e con poca vegetazione. Il Passo di Fusine e il Passo di Predìl collegano l'Italia alla Slovenia; il Passo di Monte Croce Carnico porta in Austria.

Economia

Il Friuli-Venezia Giulia è rinomato in tutto il mondo per la produzione di vini pregiati, tra cui il Tocai e il Merlot. Altra produzione tipica è quella della grappa.

La piazza di Udine.

▼ OCCUPATI PER SETTORE

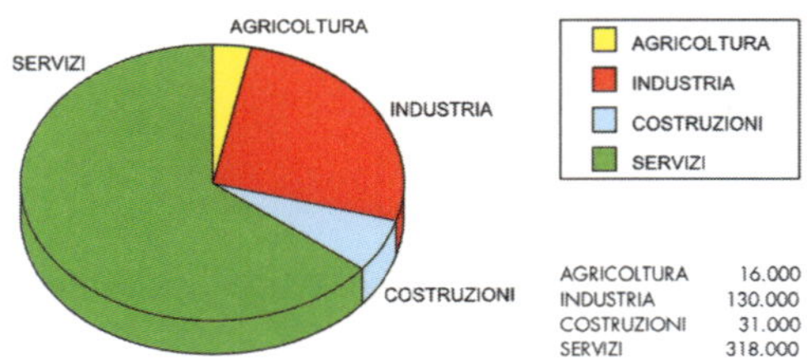

AGRICOLTURA	16.000
INDUSTRIA	130.000
COSTRUZIONI	31.000
SERVIZI	318.000

L'economia della regione si basa prevalentemente sull'agricoltura (cereali, barbabietola da zucchero, patate e frutta), sull'allevamento di bovini e di suini e sullo sfruttamento delle risorse forestali. Le attività commerciali sono favorite dalla buona posizione del porto di Trieste.

Storia

In origine territorio celtico, venne conquistato dai Romani.

Nel 570 la regione venne occupata dai Longobardi e poi da Carlo Magno.

Nel 1797 venne assegnata all'Austria.

Durante la seconda guerra mondiale parte di essa venne occupata dalla Jugoslavia.

▼ LE ALTRE PROVINCE

GORIZIA è situata al confine tra Italia e Slovenia, allo sbocco dell'Isonzo, nella pianura friulana. La città è dominata dal Monte Sabatino, dal Monte Santo e dal rilievo ove sorge il Castello. È un importante centro industriale e agricolo.

PORDENONE situata nella parte occidentale del Friuli, è circondata dalla pianura ed è percorsa dal fiume Noncello.

UDINE si trova in pianura a metà tra il mare e i monti. Capoluogo del Friuli, la città è un importante centro agricolo.

Liguria

▼ DATI GENERALI

Superficie: 5.421 km^2.

Abitanti: 1.640.170

Densità: 301 abitanti per km^2.

Capoluoghi di provincia: Genova, Imperia, La Spezia, Savona.

Fiumi: Magra, 62 Km; Roia, 59 Km; Arroscia 42 Km.

Monti: Alpi Marittime: monte Saccarello, 2.200 m - Appennino Ligure: monte Maggiorasca, 1.799 m.

Passi: col di Nava, colle di Cadibona, passo del Turchino, dei Giovi, della Scoffera (Piemonte), di Cento Croci (Emilia-Romagna), del Bracco (Toscana).

Veduta di Vernazza, una delle Cinque Terre.

Territorio

La Liguria è uno stretto arco di terra che occupa la zona costiera occidentale dell'alta Italia, compresa tra il mar Ligure e le montagne che segnano l'incontro tra le Alpi e l'Appennino.

Le sue spiagge e le sue scogliere sono famose in tutto il mondo; l'entroterra, è meno conosciuto, ma ugualmente interessante, ricco di veri tesori di natura e di cultura.

Economia

Questa terra è nota soprattutto per i suoi paesaggi che la rendono una meta molto ambita dai turisti di tutto il mondo.

Il porto di Genova inoltre è tra i primi in Italia per il movimento delle merci. Le industrie più sviluppate sono quelle siderurgiche, metallurgiche, petrolchimiche e cantieristiche. L'agricoltura non è molto sviluppata a causa della conformazione del territorio.

Storia

Definitivamente occupata dai Romani al tempo di Augusto, divenne una provincia romana con parti del Piemonte e dell'Emilia. Caduto l'impero il territorio si restrinse alla fascia costiera e subì l'occupazione di Longobardi e Franchi. Dopo l'XI secolo divenne in gran parte dominio della Repubblica di Genova e, nel 1805, divenne parte dell'Impero francese; nel 1815 passò al Regno di Sardegna dei Savoia, di cui subì le sorti. Fu annessa all'Italia col nome di Liguria.

▼ OCCUPATI PER SETTORE

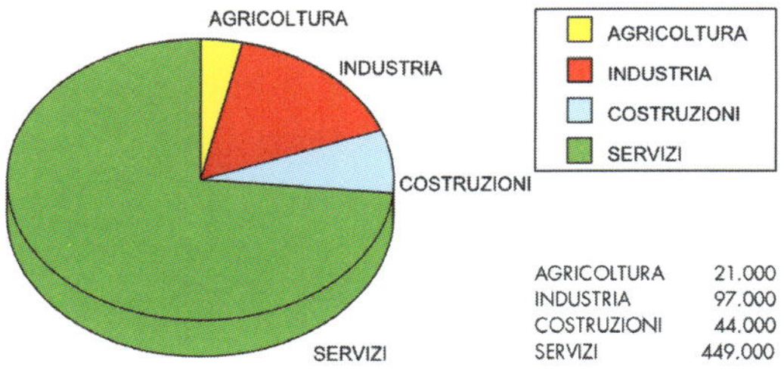

AGRICOLTURA	21.000
INDUSTRIA	97.000
COSTRUZIONI	44.000
SERVIZI	449.000

GENOVA

È situata al centro della costa ligure in un punto di facile comunicazione con le regioni più industrializzate. È un fiorente centro commerciale, industriale, finanziario e un porto assai importante.

▼ LE ALTRE PROVINCE

IMPERIA è formata dall'unione di due nuclei: Oneglia e Porto Maurizio. Sorge sulla riviera ligure di Ponente.

LA SPEZIA situata nella riviera di Levante, si affaccia sul golfo omonimo ed è contornata da colline.

SAVONA è posta nella riviera di Ponente, alla foce del torrente Letimbro.

Emilia-Romagna

▼ **DATI GENERALI**

Superficie: 22.123 km^2.

Abitanti: 3.957.265

Densità: 176 abitanti per km^2.

Capoluoghi di provincia: Bologna, Ferrara, Forlì e Cesena, Modena, Parma, Piacenza, Ravenna, Reggio Emilia, Rimini.

Fiumi: Po, 652 Km; Reno, 211 Km; Secchia, 172 Km; Panaro, 148 Km; Savio, 126 Km; Taro, 125 Km; Trebbia, 115 Km; Enza, 112 Km; Parma, 100 Km; Santerno, 99 Km; Senio, 90 Km; Lamone, 90 km; Nure, 80 Km; Montone, 76 Km.

Monti: Appennino Ligure: monte Maggiorasca 1.799 m - Appenino Tosco-Emiliano: monte Cimone, 2.165 m; monte Fumaiolo, 1.407 m.

Passi: dell'Abetone, di Cento Croci (Liguria), del Cerreto, della Cisa, della Futa, dei Mandrioli, del Muraglione, della Porretta, della Scoffera, di Verghereto (Toscana).

Territorio

L'Emilia-Romagna ha la forma di un triangolo ed è attraversata dall'Appennino Tosco-Emiliano, si estende tra il Po, l'Appennino e il Mare Adriatico.
La parte meridionale di questa regione è quasi interamente montuosa e collinosa; quella settentrionale invece è pianeggiante.
Il clima è di tipo continentale con inverni freddi ed estati calde; lungo la costa invece il clima è mitigato dal mare.

Economia

Tra le più avanzate d'Italia, l'agricoltura emiliana produce frumento, barbabietole da zucchero, riso, orzo, vino e frutta, tra cui pesche, susine, ciliegie e albicocche. Il suo grande sviluppo è dovuto sia alla particolare posizione geografica e climatica sia all'utilizzo di modernissime tecniche di coltivazione.
Nelle Valli di Comacchio si allevano e si pescano le anguille.
L'allevamento (bovini e suini) è legato ad una floridissima industria di trasformazione (caseifici, salumifici, conservifici).
Una menzione a parte merita l'industria casearia (parmigiano reggiano). L'industria alimentare è nel complesso molto sviluppata (pastifici, zuccherifici, mulini, distillerie). Altri settori industriali di rilievo sono il metalmeccanico, quello della plastica, il

IL PO

Il Po è il più grande fiume italiano per lunghezza e portata e costituisce, insieme ai suoi affluenti, l'unico sistema fluviale della penisola. Il Po fornisce anche acqua per uso civile, industriale e agricolo.

chimico e il petrolchimico, il tessile, quello della carta e del mobile, il calzaturiero, l'abbigliamento e la ceramica. L'industria motoristica (Ferrari, a Maranello) ha fama mondiale.
L'attività turistica e balneare della riviera romagnola rappresenta una delle più consistenti fonti di ricchezza della regione; in estate le spiagge registrano un'alta presenza di turisti provenienti da tutta Europa.

Battistero di Parma, capolavoro di architettura romanica.

REPUBBLICA DI SAN MARINO

La carica di capo dello Stato, in questa piccola Repubblica tutta circondata da territorio italiano, è condivisa da due persone, i Capitani Reggenti. I due Capitani restano in carica per soli sei mesi. Vengono infatti eletti ogni aprile e ottobre, da parte del Consiglio Grande e Generale, che è il parlamento dello Stato. Nessun altro Paese, in tutto il mondo, prevede una durata così breve per il capo dello Stato. I due Capitani Reggenti presiedono il Congresso di Stato, composto da dieci membri, cui spetta il governo della Repubblica. Un solo altro Paese anch'esso europeo - Andorra - ha due capi di Stato, ma in questo caso si tratta di cariche eminentemente onorifiche, quasi simboliche, e non effettive.

▼ UTILIZZAZIONE DEL SUOLO

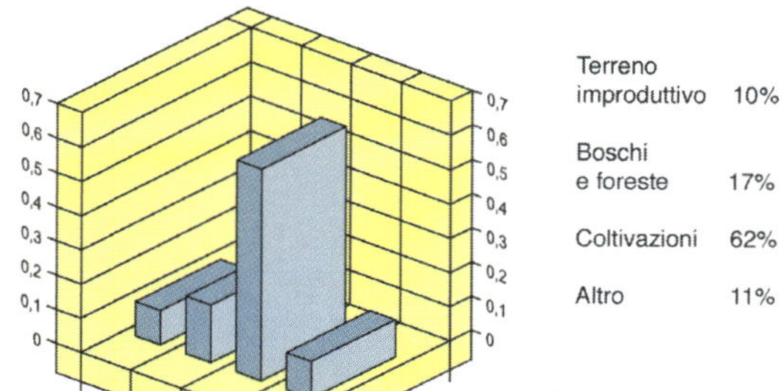

In Emilia la maggior parte della superficie è sfruttata in maniera intensiva nelle coltivazioni e nell'allevamento, principalmente di bovini e suini, che alimentano moltissimi caseifici, salumifici e industrie conserviere.

Molto rinomate infine, sono le stazioni termali come quella di Salsomaggiore Terme.

Storia

Questa regione, abitata fin dall'antichità, fu governata dagli Etruschi fino al IV secolo a.C. quando sopraggiunsero i Celti.
Nel III secolo a.C., i Romani la occuparono e Augusto ne fece la sua ottava regione, col nome di Emilia.
Nel V secolo d.C., Onorio trasportò la capitale a Ravenna.
Con l'invasione longobarda (568), la regione fu divisa in due. Successivamente, con i re carolingi, i ducati longobardi passarono dal governo dei conti a quello dei vescoviconti ed infine alla Chiesa.
Nel periodo dei comuni, le città furono spesso in lotta tra loro.
Durante i conflitti europei tra il XVII secolo e l'XVIII, a Parma e a Piacenza subentrarono i Borboni.
Dopo la pace di Campoformio, l'Emilia e la Romagna entrarono a far parte della Repubblica Cisalpina.
Il congresso di Vienna del 1815 restaurò gli equilibri di potere.
Fallito il tentativo di unirsi al Piemonte nel 1848, la fusione tra Emilia-Romagna e Regno d'Italia avvenne nel 1860.

▼ OCCUPATI PER SETTORE

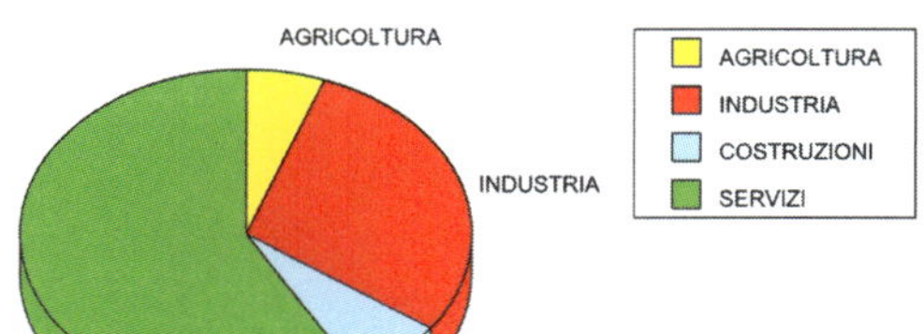

AGRICOLTURA	101.000
INDUSTRIA	520.000
COSTRUZIONI	124.000
SERVIZI	1.049.000

BOLOGNA

È il capoluogo della regione. Venne fondata dagli Etruschi con il nome di Fèlsina nel VI secolo a.C. È un importante centro di raccordo stradale e ferroviario.

▼ LE ALTRE PROVINCE

FERRARA e la sua provincia sono prevalentemente agricole. La più importante coltivazione è la barbabietola da zucchero.

FORLÌ E CESENA costituiscono una sola provincia. La loro economia si basa sulla coltivazione di frumento, frutta e vite.

MODENA è un importante mercato agricolo e zootecnico. Importanti sono anche le industrie biochimiche.

PARMA è un importante centro dell'industria agro-alimentare (formaggio, prosciutto). Rinomata anche per il suo centro storico.

PIACENZA oltre che nel settore agricolo è sviluppata anche in quello industriale, grazie alla vicinanza con Milano.

RAVENNA a partire dagli anni Cinquanta ha attuato una conversione da centro agricolo a centro industriale.

REGGIO EMILIA è un centro sviluppato sia nel settore agricolo sia in quello industriale (macchine agricole, industria alimentare, tessile, chimica, farmaceutica).

RIMINI è una nota località turistica rinomata per i suoi locali notturni. In origine faceva parte della provincia di Forlì, ora è capoluogo di provincia.

Toscana

▼ DATI GENERALI

Superficie: 22.993 km².

Abitanti: 3.526.316

Densità: 153 abitanti per km².

Capoluoghi di provincia: Arezzo, Firenze, Grosseto, Livorno, Lucca, Massa-Carrara, Pisa, Pistoia, Prato, Siena.

Fiumi: Arno, 241 Km; Ombrone Grossetano, 161 Km; Serchio, 111 Km; Cecina, 74 Km; Elsa, 63 Km; Magra, 62 Km; Sieve, 54 Km; Ombrone Pistoiese, 40 Km.

Laghi: di Massaciuccoli, di Chiusi.

Monti: Alpi Apuane: monte Pisanino 1.946 m - Appennino Tosco-Emiliano: Alpe di San Benedetto, 1.198 m; monte Falterona, 1.654 m; Ratomagno, 1592 m; Alpe della Luna, 1.454 m; monte Amiata, 1.738 m.

Conche: Lunigiana, Garfagnana, Mugello, Casentino, Val Tiberina, Val di Chiana, Valdarno di Sopra, Conca di Firenze.

Passi: della Cisa, del Cerreto, dell'Abetone, della Porretta, della Futa, del Muraglione, dei Mandrioli, di Verghereto (Emilia- Romagna).

Isole: Arcipelago Toscano (Elba, Capraia, Gorgona, Pianosa, Montecristo, Giglio, Giannutri).

Territorio

Regione dell'Italia centrale, è estesa sul versante occidentale dell'Appennino e comprende le isole dell'Arcipelago Toscano. Si affaccia sul mare a ovest e a sud-ovest e confina con la Liguria a nord-ovest, l'Emilia-Romagna a nord, le Marche e l'Umbria a est, il Lazio a sud-est.

La Toscana ha forma triangolare e poca unità geografica: la sua particolare fisionomia è, infatti, dovuta alle caratteristiche non omogenee del suo territorio.

I confini sono naturali solo nel settore nord-occidentale; a nord-est superano in vari punti lo spartiacque dell'Appennino Tosco-Emiliano includendo le alte valli del Reno, del Santerno e del Lamone, che sfociano nel Mar Adriatico; anche a est la regione include le valli superiori del Marecchia e del Foglia, anch'essi diretti verso il Mar Adriatico, e l'alta valle del Tevere. A sud-est e a sud i confini sono del tutto convenzionali, dovuti a un complesso di fattori storico-culturali.

Economia

L'economia della regione è trainata soprattutto da attività industriali e turistiche. L'agricol-

FIRENZE

Sorge in una conca orlata da colline e attraversata dal fiume Arno. La città, ricca di monumenti, edifici storici, gallerie e musei, esprime tutto lo splendore di secoli di storia.

Resti di necropoli etrusche nel territorio toscano.

tura comunque ha ancora una discreta importanza: i principali prodotti agricoli sono i cereali, le olive, l'uva da vino, gli ortaggi e la frutta; rilevante è anche la produzione di funghi e di castagne.
Importanza minore hanno la pesca e l'allevamento del bestiame.
L'industria di trasformazione annovera numerose imprese dalle dimensioni per lo più medie e piccole, operanti nei settori metallurgico, meccanico, alimentare, tessile, chimico, conciario, calzaturiero, grafico-editoriale, dell'abbigliamento, del mobilio e dei materiali da costruzione.
In continua espansione è il turismo, che ha i suoi maggiori centri d'interesse in alcune fra le più importanti città storico-artistiche d'Italia, quali Firenze, Siena, Pisa, Lucca, San Gimignano, Volterra, Montepulciano e Pienza, nelle stazioni idrominerali di Montecatini Terme, Chianciano Terme e Monsummano Terme e in quelle balneari, fra cui emergono Viareggio e Forte dei Marmi.

▼ OCCUPATI PER SETTORE

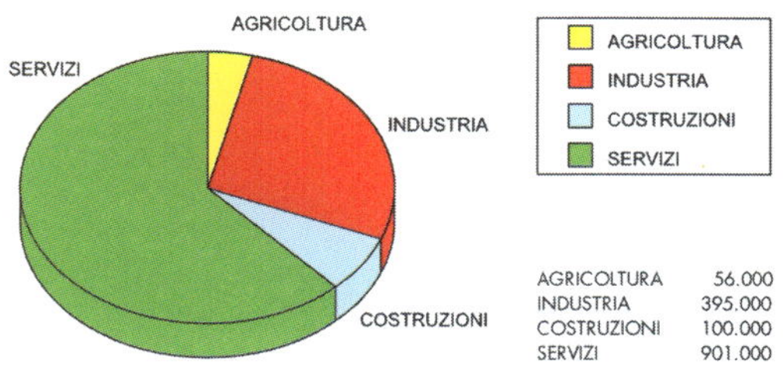

Storia

Fu governata dagli Etruschi e dai Romani già in età pre-cristiana, poi passò ad Odoacre e a Teodorico, ai Bizantini, ai Longobardi ed infine ai Franchi.
Venne contesa dai pretendenti della corona d'Italia. Dal 1406 Firenze sottomise tutte le città toscane, tranne Lucca e Siena.
Sotto il governo dei Medici conobbe, a partire dal 1421, un periodo fiorente e fu la culla del Rinascimento. Quando la dinastia dei Medici si estinse, nel 1737, il Granducato di Toscana passò al duca di Lorena. Nel 1860 la regione fu annessa al Regno Sabaudo.

LA TORRE DI PISA

La Torre di Pisa è il campanile del Duomo ed è conosciuta in tutto il mondo per la bellezza architettonica e soprattutto per la singolare pendenza. La costruzione iniziò nel 1173 e proseguì per circa duecento anni. La Torre fu, ovviamente, progettata diritta e cominciò a inclinarsi durante la costruzione.

Veduta dell'Isola d'Elba, rinomato centro balneare.

▼ LE ALTRE PROVINCE

AREZZO è situata sul pendio collinare di un'ampia conca naturale, dove convergono i bacini del Casentino, della Valdichiana e del Valdarno. È centro di commercio agricolo e industriale.

GROSSETO si trova nella pianura della Maremma Toscana e dista pochi chilometri dal Mar Tirreno. È un grande mercato agricolo ed un importante centro minerario e turistico.

LIVORNO è situata sulla costa tirrenica con un importante porto ed è il secondo centro industriale e commerciale della Toscana.

LUCCA è posta sulla sinistra del fiume Serchio. Affiancata alle Alpi Apuane e dal monte Pisano, la città è cinta da caratteristiche mura cinquecentesche.

MASSA e **CARRARA** la provincia di Massa - Carrara si estende sul versante tirrenico delle Alpi Apuane, percorsa dal torrente Carrione. Le due città offrono paesaggi diversi: Massa è caratterizzata da viuzze strette, irregolari, ed è ricca di monumenti, mentre Carrara ha ampie strade, case eleganti, grandi piazze e giardini.

PISA si trova ad una decina di chilometri dal mare, sulla riva dell'Arno. È centro industriale.

PISTOIA è situata ai margini dell'Appennino della Toscana sulla riva del torrente Ombrone. È centro agricolo e dell'industria metalmeccanica.

PRATO è la decima provincia della Toscana ed è un importante centro manifatturiero.

SIENA è adagiata su tre colline tra le sorgenti dell'Arbia e dell'Elsa. È centro industriale e agricolo, è ricca di opere artistiche e monumenti ed è sede del famoso Palio.

Umbria

▼ DATI GENERALI

Superficie: 8.456 km^2

Abitanti: 829.693

Densità: 97 abitanti per km^2

Capoluoghi di provincia: Perugia, Terni.

Fiumi: Tevere, 405 km; Nera, 116 km; Chiasco, 82 km; Paglia, 67 Km.

Laghi: Trasimeno, Piediluco, Corbara.

Cascate: delle Marmore.

Monti: Appennino Umbro-Marchigiano: monte Vettore, 2.476 m; monte Pennino, 1.570 m - Appennino Tosco-Emiliano.

Passi: Bocca Serriòla; passo di Scheggia, di Fossato, di Visso.

Conche: Val Tiberina, Valle Umbra, Bacino di Gubbio, Conca di Terni.

▼ LE PROVINCE

PERUGIA è una città di origini etrusche, con polo artistico nella piazza IV Novembre, in cui troneggia la Fontana Maggiore. A far da cornice all'opera vi sono i bellissimi palazzi della Cattedrale di San Lorenzo e il Palazzo dei Priori. È un centro culturalmente attivo e sede universitaria.

TERNI "Interamna Nanartium", ossia " posta tra due fiumi" è il nome che venne dato dai Sabini alla città di Terni, situata tra i corsi d'acqua Nera e Serra. È famosa per la sua Cascata delle Marmore e per la festa di San Valentino, patrono della città e protettore degli innamorati.

Territorio

Regione dell'Italia centrale, senza sbocco sul mare. La valle profonda che si estende dalla Val Tiberina e dalla Valle Umbra separa i rilievi appenninici a est da quelli subappenninici a ovest. Fra i maggiori gruppi montuosi troviamo i Monti Sibillini, la Serra di Maggio e il monte Subasio.

Economia

Come in molte altre regioni italiane, l'agricoltura è da tempo in crisi. Il settore industriale è invece affermato nel Ternano, in minor misura nel Perugino e in alcuni fra i centri della Val Tiberina e della Valle Umbra. Il settore che più di ogni altro contribuisce alla formazione del reddito è il terziario. Nonostante l'Umbria appaia isolata dalle maggiori direttrici del traffico, il turismo ha un buono sviluppo grazie al patrimonio storico e paesaggistico della regione.

▼ OCCUPATI PER SETTORE

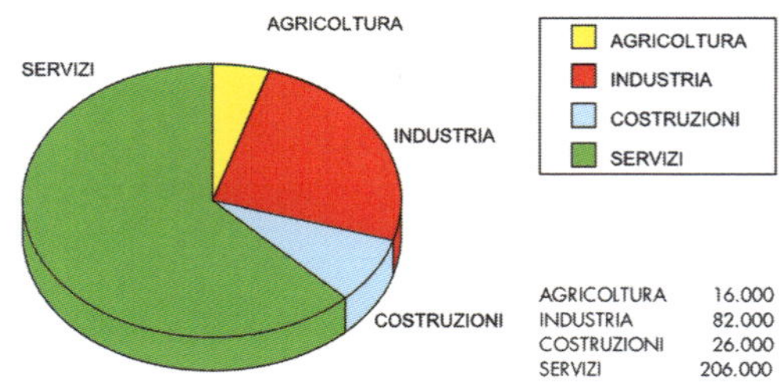

AGRICOLTURA	16.000
INDUSTRIA	82.000
COSTRUZIONI	26.000
SERVIZI	206.000

Sfilata del corteo storico a Foligno.

Palazzo Podestà nella città di Foligno.

Storia

Era in origine abitata da Etruschi e Umbri. Fu occupata dai Romani nel 307 a.C. e devastata dai Barbari nel VI secolo. Sotto i Longobardi divenne un Ducato che subì il governo Pontificio dal 1198. Si svilupparono Comuni e Signorie e nel 1860 fu annessa al regno d'Italia.

LA CASCATA DELLE MARMORE

Inserita in uno scenario naturale assai caratteristico, la Cascata delle Marmore compie un salto di 165 metri. Da circa 50 anni le sue acque sono utilizzate per alimentare centrali idroelettriche.

Marche

▼ DATI GENERALI

Superficie: 9.694 km².

Abitanti: 1.450.631

Densità: 150 abitanti per km².

Capoluoghi di provincia: Ancona, Ascoli-Piceno, Fermo (operativa dal 2009), Macerata, Pesaro-Urbino.

Fiumi: Tronto, 115 Km; Metauro, 110 Km; Chienti, 91 km; Esino, 90 km; Foglia, 90 km; Potenza, 88 km.

Monti: Appennino Umbro-Marchigiano: monte Carpegna 1415 m; monte Nerone 1.525 m; monte Catria 1.701 m; monte Pennino 1.570 m - monti Sibillini: monte Priora 2.332 m; monte Vettore 2.476 m.

Passi: Bocca Trabaria, Bocca Serriòla, passo di Scheggia.

Pesaro, castello di Gradara.

Territorio

Questa regione è bagnata dal Mar Adriatico a est e a nord-est e delimitata dalla Repubblica di San Marino, dall'Emilia-Romagna e dalla Toscana a nord-ovest, dall'Umbria a ovest, dal Lazio a sud e dall'Abruzzo a sud-est.

Si estende dal crinale dell'Appennino Umbro-Marchigiano all'Adriatico e tra le valli dei fiumi Conca e Tronto.

Dal crinale appenninico il rilievo digrada progressivamente verso la costa adriatica, che si presenta molto varia: piatta e rettilinea per lunghi tratti, in altri stretta e sabbiosa, addossata alla collina, in altri ancora alta, rocciosa e imponente.

Economia

Principali prodotti agricoli sono il frumento, le barbabietole da zucchero, gli ortaggi, la frutta, l'uva da vino e le olive; importante è la pesca. L'industria è fiorente nel settore cartario, metalmeccanico, calzaturiero, alimentare, chimico-farmaceutico, petrolchimico, del mobile, degli elettrodomestici, dell'abbigliamento e del tabacco. In espansione è il settore del turismo.

Storia

In origine abitata dai Piceni, passò ai Romani nel III secolo a.C. e fu devastata dai Goti. Il nome di Marche deriva dall'ordinamento carolingio che definiva marche ogni territorio di confine.

▼ OCCUPATI PER SETTORE

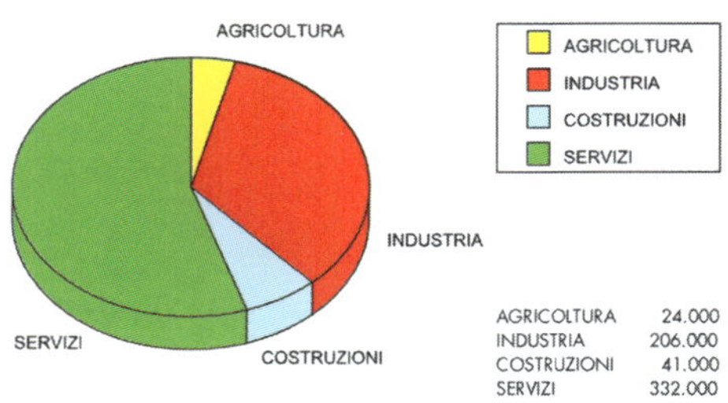

▼ LE PROVINCE

ANCONA è disposta ad anfiteatro sui colli che circondano il porto (il maggiore della costa adriatica) e sorge nell'insenatura formata dal monte Conero.

ASCOLI PICENO è delimitata dai fiumi Tronto e Castellano. Nella zona pianeggiante vi sono industrie che danno prodotti di alta qualità.

FERMO è la provincia più recente; il suo territorio è costituito da colline e zone pianeggianti sul litorale adriatico.

MACERATA sorge su un colle tra le valli del Potenza e del Chienti. Nella provincia ricordiamo Recanati, città natale di Giacomo Leopardi.

PESARO e **URBINO** la provincia si affaccia sulla costa presso la foce del fiume Foglia, dove l'Appennino assume un aspetto meno selvaggio allungandosi fino al mare.

Abruzzo

▼ DATI GENERALI

Superficie: 10.795 km^2.

Abitanti: 1.275.671

Densità: 119 abitanti per km^2.

Capoluoghi di provincia: Chieti, L'Aquila, Pescara, Teramo.

Fiumi: Aterno-Pescara, 145 Km; Liri, 120 Km; Sangro, 117 Km; Tronto, 115 Km; Trigno, 84 Km; Vomano, 75 Km.

Laghi: di Campotosto, di Scanno, del Fucino.

Monti: Appennino Abruzzese: Gran Sasso d'Italia, 2.912 m; La Maiella, 2.795 m; monti della Laga, 2.455 m; monti Carseolani, 1.458 m; monti Simbruini, 2.156 m; monti della Meta, 2.241 m; monte Velino, 2.487 m; monte Sirente, 2.349 m.

▼ LE PROVINCE

L'AQUILA è situata in una conca circondata dalle montagne più alte dell'Appennino: Gran Sasso d'Italia, la Maiella e il Velino-Sirente.

CHIETI è posta in una zona molto suggestiva, tra il mare e i monti e ha il territorio piuttosto irregolare: ciò è dovuto al fatto che la città si trova ai piedi di una montagna.

PESCARA si affaccia sulla costa adriatica ed è percorsa dal fiume omonimo; è il maggior centro commerciale e industriale della regione ed un'importante stazione balneare.

TERAMO è situata nella parte settentrionale dell'Abruzzo, alle pendici del Gran Sasso che degrada con vaste distese di boschi, prati e colline ricoperte di vigneti, fino all'Adriatico.

Territorio

Regione compresa tra l'Appennino Centrale e la costa adriatica.
Fisicamente può essere suddivisa in due sezioni: quella occidentale, montuosa e quella orientale, collinare sub-appenninica.

Economia

La regione negli ultimi anni ha avvicinato il suo sviluppo economico a quello della media nazionale: è una tendenza determinata dallo sviluppo rapido del settore industriale, territorialmente concentrato lungo l'asse costiero.
La Conca del Fucino è riservata a colture specializzate e Avezzano è il centro di una piccola area di campagna urbanizzata, in cui è sorta la nuova stazione per le telecomunicazioni Telespazio.

▼ OCCUPATI PER SETTORE

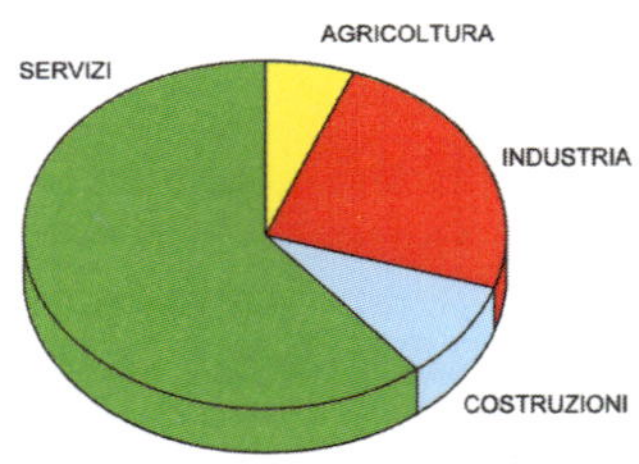

AGRICOLTURA	28.000
INDUSTRIA	113.000
COSTRUZIONI	43.000
SERVIZI	285.000

Storia

Fu conquistata dai Romani nel 304 a.C., successivamente venne dominata dai Longobardi nel VI secolo, dai Franchi, dai Normanni dal 1140, dagli Svevi dal 1194, dagli Angioini dal 1268, dagli Aragonesi, dagli Spagnoli dal 1504, dagli Asburgo e dai Borboni fino al 1860 quando la spedizione dei Mille sancì l'annessione al Piemonte.

Pescasseroli è il più importante centro del Parco Nazionale d'Abruzzo.

PARCO NAZIONALE D'ABRUZZO

Si estende per 150.000 ettari, ed è uno dei più grandi parchi d'Italia. La ricchezza naturalistica dei suoi massicci, le numerose specie animali e vegetali che vi vivono richiedono una particolare cura, volta a garantire la conservazione di questo eccezionale patrimonio.

Molise

▼ DATI GENERALI

Superficie: 4.438 km^2.

Abitanti: 331.168

Densità: 75 abitanti per km^2.

Capoluoghi di provincia: Campobasso, Isernia.

Fiumi: Volturno, 175 Km; Biferno, 93 Km; Fortore, 86 Km; Trigno, 84 Km.

Monti: Appennino Sannita - Appennino Campano-Matese: La Metuccia, 2.114 m; monte Miletto, 2.050 m; monte Mutria, 1.822 m.

Passi: Bocca di Forlì (Abruzzo), Sella di Vinchiaturo (Campania).

▼ LE PROVINCE

CAMPOBASSO è situata su di un colle all'interno della regione. È un centro agricolo e possiede alcune industrie.

ISERNIA sorge nella zona occidentale del Molise, dove il fiume Sorde e il Carpino si uniscono a formare il Cavaliere. È un centro vivace e la sua struttura urbanistica rispecchia l'antico segno romano.

Castello di Campobasso, Molise.

Territorio

Regione bagnata dal Mar Adriatico a nord-est e delimitata dall'Abruzzo a nord, dal Lazio a ovest, dalla Campania a sud e dalla Puglia a sud-est.

I monti sono simili a quelli dell'Appennino Abruzzese, anche se con un andamento più irregolare.

Procedendo verso il mare Adriatico, il movimentato paesaggio dell'Appennino viene via via sostituito da rilievi con profili più dolci, che spesso sono soggetti a fenomeni di erosione.

I rilievi delle colline si attenuano a mano a mano che ci si avvicina alla costa per lasciare il posto alla pianura.

Economia

Le colture più diffuse sono quelle dei cereali, della frutta, dell'olivo, della vite e del tabacco. L'allevamento dei bovini non è molto sviluppato. L'industria in senso moderno è ancora in fase di iniziale sviluppo ad eccezione di qualche nucleo industriale. Il turismo estivo è ostacolato dall'insufficienza delle attrezzature ricettive e alberghiere.

Storia

Fu abitata dai Sanniti fino al 535 d.C. quando, dopo aver subito le invasioni dei Goti, divenne parte del ducato di Benevento. Nel XII secolo passò a Federico II. Conobbe poi le dominazioni francese, d'Aragona e di Sicilia.

▼ OCCUPATI PER SETTORE

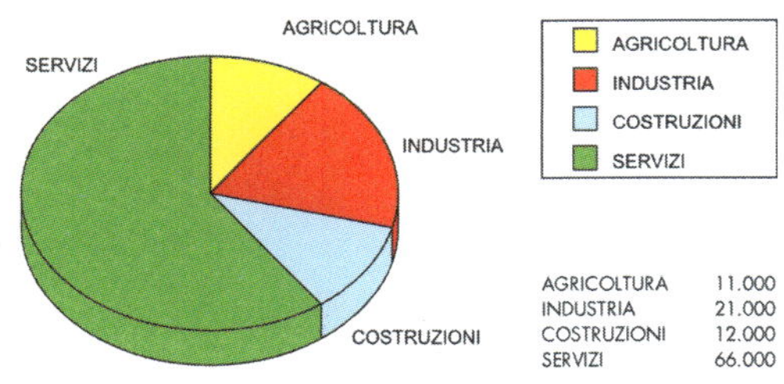

Flora Appenninica, a Capracotta, Isernia.

BORGO SANNITA DI SEPINO

Il centro storico è racchiuso nell'area dell'antico borgo medievale. L'abitato era circondato da una cintura muraria a forma ellittica, con quattro porte, munita di torri sulle quali spiccava il castello. Tuttora sono conservate alcune torri e tre porte.

Lazio

▼ DATI GENERALI

Superficie: 17.207 km².

Abitanti: 5.230.632

Densità: 303 abitanti per km².

Capoluoghi di provincia: Frosinone, Latina, Rieti, Roma, Viterbo.

Fiumi: Tevere, 405 Km; Liri-Garigliano, 158 Km; Aniene, 99 Km; Velino, 90 Km; Sacco, 87 Km.

Laghi: di Bolsena, di Vico, di Bracciano, di Albano, di Nemi, di Sabaudia.

Pianure: Pontina, di Fondi, della Maremma.

Monti: Appennino Abruzzese - monti Reatini: Terminillo, 2.213 m, Sabini, Simbruini, Ernici - Antiappennino Laziale: monti Volsini, Cimini, Sabatini, Colli Albani o Laziali, monti Lepini, Ausoni, Aurunci.

Isole: Ponziane (Ponza, Palmarola ecc).

Territorio

Procedendo da nord-ovest verso sud-est si nota alla destra del Tevere la presenza di tre gruppi montuosi di origine vulcanica: i monti Volsini, Cimini e Sabatini.
Questi rilievi digradano mollemente a nord-est verso la valle del Tevere e a sud-ovest fino a una fascia costiera pianeggiante, più o meno ampia, denominata Maremma Laziale, interrotta dai monti della Tolfa.
Alla Maremma Laziale si allaccia verso sud-est la Campagna Romana, vasta zona ondulata e pianeggiante attraversata dal Tevere.

Resti dei fori romani.

CITTÀ DEL VATICANO

È l'unica monarchia assoluta in Europa, (di tipo elettivo); non esistono parlamento e partiti politici. Piazza San Pietro, pur non facendo parte del territorio dello Stato italiano, è sottoposta ai poteri della Polizia italiana.

▼ UTILIZZAZIONE DEL SUOLO

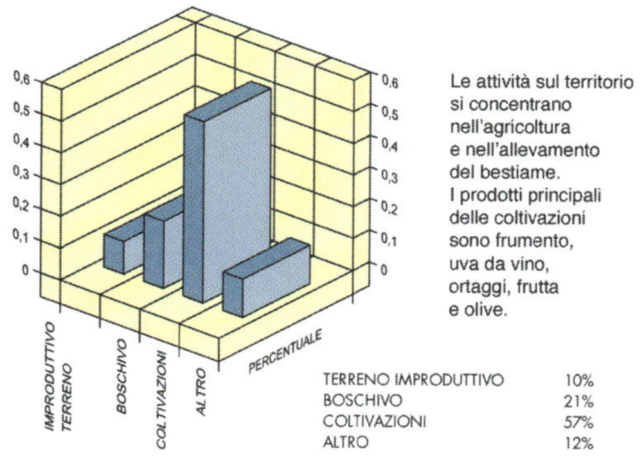

Essa è limitata a sud-est e a est dai Colli Albani (o Laziali) e dai monti Prenestini, a cui succedono i rilievi calcarei dei monti Simbruini, Ernici, della Meta e le Mainarde e i rilievi, pure calcarei, anti-appenninici dei monti Lepini, Ausoni e Aurunci, separati dall'Appennino vero e proprio dall'ampia vallata longitudinale al sistema appenninico percorsa dai fiume Sacco (Ciociaria) e Liri.
Ai piedi di quest'ultimo allineamento montuoso si stende lungo la costa l'Agro Pontino, la Piana di Fondi e la pianura costiera tra Gaeta e il basso corso del fiume Garigliano.
Se si risale la valle del Tevere dalla Campagna Romana, si arriva nella regione di colline di marmo e pietre arenarie della Sabina. Tra i monti Sabini e i Reatini si apre l'ampia conca di Rieti, alla quale succedono verso l'interno le altre conche di Leonessa e di Amatrice e verso sud-est l'aperta valle del fiume Salto (Cicolano).

Economia

Agricoltura, attività artigianali e allevamento del bestiame, affiancati dalla pesca costituiscono le tradizionali fonti di reddito.

Terracina, una delle spiagge del litorale pontino.

Veduta del lago di Bracciano.

L'agricoltura dà in prevalenza frumento, uva da vino, prodotti ortofrutticoli e olive. L'attività industriale ha preso consistenza a partire dagli anni Cinquanta ed è stata realizzata per buona parte con investimenti di provenienza esterna alla regione.
Roma offre numerosi motivi di interesse storico-artistico, assorbe anche buona parte del movimento turistico nazionale e internazionale, distogliendolo a volte da località dell'interno, meno attrezzate, ma spesso importanti per storia e monumenti d'arte.

Storia

Il territorio fu abitato dai Latini fin dal X secolo a.C.; essi furono definitivamente sottomessi dai Romani nel 338 a.C.
Dopo la caduta dell'Impero Romano la zona entrò a far parte dello Stato Pontificio assieme a Marche, Umbria e Romagna.
La Chiesa riuscì a mantenere il potere, tra alterne vicende, fino al 1871, quando Roma divenne capitale d'Italia.

IL PARCO DEL CIRCEO

Istituito nel 1934, il Parco del Circeo è nato per tutelare un ricco insieme di forme di vita caratteristiche con una conseguente estrema ricchezza di specie oggi definita come biodiversità.

ROMA

È situata a circa 20 chilometri dalla costa tirrenica, al centro dell'Agro Romano, lungo il Tevere. È il comune più vasto e popolato della penisola. È centro di attività burocratiche e amministrative e meta del turismo mondiale. Un paesaggio interessante, con colli ricchi di vegetazione, ville patrizie, castelli, paesini rimasti intatti nel tempo, che circondano il centro, ricco di storia e di arte.

▼ LE ALTRE PROVINCE

FROSINONE mostra la parte antica arroccata su un colle che domina la valle del Sacco e la parte moderna distesa lungo i pendii e in pianura. Capoluogo della Ciociaria, è un centro agricolo e termale: basta ricordare Fiuggi.

LATINA è situata nella parte meridionale del Lazio ed è circondata dalla pianura bonificata dell'Agro Pontino.

RIETI si trova in una conca pianeggiante, la valle Reatina, circondata dai monti Sabini e percorsa dal fiume Velino, che dà luogo al salto della cascata delle Marmore.

VITERBO è situata ai piedi dei Monti Cimini, contornata da una fertile vallata, nel nord del Lazio. Rappresenta una delle più belle zone d'Italia, ricca di storia e di paesaggi, di monti e di laghi con un aspetto ancora selvaggio.

Campania

▼ DATI GENERALI

Superficie: 13.595 km².

Abitanti: 5.804.574

Densità: 428 abitanti per km².

Capoluoghi di provincia: Avellino, Benevento, Caserta, Napoli, Salerno.

Fiumi: Volturno, 175 Km; Liri-Garigliano, 158 Km; Sele, 64 Km; Sarno, 24 Km.

Laghi: del Matese, di Patria, del Fusaro.

Pianure: pianura Campana, piana del Sele.

Monti: Appennino Campano - Altopiano del Matese: monte Miletto, 2.050 m - monti del Sannio - monti dell'Irpinia - monti Picentini: monte Cervialto, 1809 m - monti Lattari (Penisola Sorrentina) - Antiappennino campano: Campi Flegrei, Vesuvio, 1.279 m.

Conche: di Avellino, di Benevento.

Golfi: di Gaeta, di Napoli, di Salerno, di Policastro.

Isole: Ischia, Capri, Nisida, Procida.

Casamicciola Terme, nell'isola d'Ischia, si trova stretta tra il mare e i monti.

Territorio

È situata lungo la costa tirrenica tra Lazio, Molise, Puglia, Basilicata.

La regione appenninica è costituita da massicci irregolarmente distribuiti e separati da conche e da valli.

I più elevati di questi massicci fungono quasi da lato a quelli interni, generalmente arrotondati e spianati.

A nord, fra l'Appennino e il Mar Tirreno, sorgono poi i vulcani di Roccamonfina, dei Campi Flegrei e del Vesuvio, costituenti il cosiddetto Preappennino Campano.

I principali fiumi sono il Volturno e il Sele.

NAPOLI

Sorge nel golfo omonimo a nord del Vesuvio, sotto le pendici del Vomero. È un importante centro industriale, ma anche commerciale e turistico grazie anche al porto, il più importante dell'Italia centro-meridionale.

L'isola di Ischia è la più grande delle tre isole che si affacciano sul golfo di Napoli.

▼ OCCUPATI PER SETTORE

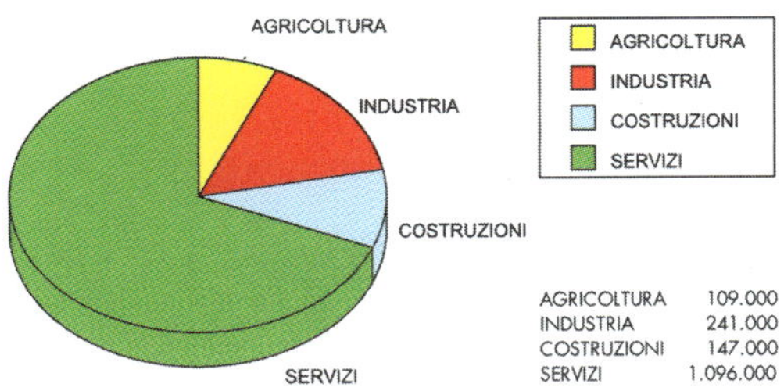

La costa si articola in baie e promontori, golfi e penisole ed è accompagnata dalle isole di Capri, di Ischia, Procida, Vivara e Nisida.

Economia

La Campania è in buona parte coltivata a cereali, ortaggi e frutta, e per il resto a boschi, castagneti, prati e pascoli.
Sui rilievi calcarei si coltiva l'olivo; su quelli vulcanici la vite; ma è nella pianura, nelle colline vulcaniche dei Campi Flegrei e intorno al Vesuvio, che la fertilità del suolo dà produzioni più intense ed elevate.
Rivestono una certa importanza l'allevamento (ovini), la pesca, la coltura di ostriche e mitili, la raccolta dei coralli.
Fra le industrie della Campania sono tradizionali il pastificio e il conservificio.
Maggiore importanza economica hanno però l'industria siderurgica, meccanica e tessile. Altre industrie produttive sono quelle del legno, dell'abbigliamento, del cemento e chimiche.
Diffuse le attività artigianali.
Il turismo è favorito dalla bellezza dei luoghi. I centri principali, oltre ai capoluoghi di provincia, sono Aversa, Afragola, Castellammare di Stabia, Portici, Pozzuoli, Torre Annunziata, Torre del Greco, Nocera Inferiore.

LA REGGIA DI CASERTA

Nel 1751 re Carlo di Borbone incaricò l'architetto Luigi Vanvitelli di progettare un palazzo che potesse competere con le grandi residenze dei sovrani europei, scegliendo come luogo la pianura nei pressi di Caserta. Durante il regno di Ferdinando IV la reggia ospitava la corte in primavera e in estate ed era spesso teatro di feste, ricevimenti e battute di caccia; divenne poi la dimora preferita di Ferdinando II. Fece parte dei beni della corona fino al 1921, quando passò allo Stato.

Storia

Fu abitata dagli Aurunci e dagli Osci, poi dagli Etruschi e dai Greci che la colonizzarono nel IX-VIII secolo a.C.
A partire dal IV secolo a.C. fu occupata dai Romani, in seguito dai Goti, cui successero i Longobardi.
Sotto il normanno Ruggero II (XII secolo) furono riuniti gli Stati marinari indipendenti.
Si susseguirono poi Svevi, Angioini, Spagnoli fino a che, nel XVIII secolo, subentrarono i Borboni che proclamarono la regione (Napoli) e la Sicilia "Regno delle due Sicilie".
Fu annessa all'Italia nel 1861.

Duomo di Amalfi, una delle perle della costiera Amalfitana.

▼ LE ALTRE PROVINCE

AVELLINO è situata nell'Irpinia in una conca fra i monti Picentini e i massicci del Partenio ed è un grosso centro agricolo.

BENEVENTO è posta nel Sannio ed è una città antichissima. È un piccolo centro agricolo con un numero esiguo di industrie a causa della sfavorevole posizione geografica, piuttosto isolata.

CASERTA è posta nella pianura campana nei primi rilievi sub-appenninici della Terra del lavoro. Il fiume Volturno la costeggia da sinistra e il terreno è fertile e ben coltivato.

SALERNO è situata sull'omonimo golfo a nord del fiume Sele e della foce dell'Irno. La città e ricca di giardini e di palazzi che si affacciano sul mare.

POMPEI ED ERCOLANO

Pompei ed Ercolano sono fra i più importanti siti archeologici del mondo romano per l'eccezionale stato di conservazione delle città distrutte dall'eruzione del Vesuvio iniziata il 24 agosto del 79 d.C. Tra le ultime scoperte gli affreschi e i gioielli di Moregine e le statue di Villa dei Papiri.

Puglia

▼ DATI GENERALI

Superficie: 19.363 km^2.

Abitanti: 4.093.525

Densità: 213 abitanti per km^2.

Capoluoghi di provincia: Bari, Barletta-Andria-Trani, Brindisi, Foggia, Lecce, Taranto.

Fiumi: Ofanto, 134 Km; Fortore, 86 Km; Carapelle, 85 Km.

Laghi: Lesina, Varano.

Monti: Appennino Campano: monte Cornacchia, 1.152 m; monte Gargano; monte Calvo, 1.055 m.

Pianure: pianura del Tavoliere.

Golfi: di Manfredonia, di Taranto.

Isole: Tremiti, Cheradi.

Territorio

Regione che occupa l'estremo settore sud-orientale dell'Italia peninsulare, tra i mari Adriatico e Ionio.
Si articola nella penisola Salentina e nel promontorio del Gargano.
La regione, eccettuati il massiccio del Gargano (1.055 m nel monte Calvo) e i monti della Daunia, è un susseguirsi di pianure e di altipiani.
Procedendo da nord-ovest a sud-est si possono distinguere: il Tavoliere e la Capitanata, fra il Gargano e l'Appennino; le Murge, altopiano calcareo ricco di fenomeni carsici; la penisola Salentina, in prevalenza piatta (Tavoliere di Lecce e Terra d'Otranto) con rilievi bassi (Murge Tarantine e Murge Salentine).
Il suolo è arido per la scarsità delle precipitazioni e dei corsi d'acqua (gli unici fiumi di rilievo sono il Fortore e l'Ofanto).

Economia

Il grande acquedotto pugliese alimentato dalle sorgenti del Sele è insufficiente a irrigare il territorio.
Molto diffusa la coltivazione di viti, olivi, mandorli, cereali.

Veduta del Castello di Bari.

L'allevamento ovino e caprino è abbastanza redditizio.
Discrete le risorse della pesca; rigogliosa la coltivazione delle ostriche nel Mare Piccolo di Taranto.
Numerose le saline.
Le industrie più sviluppate sono quella della trasformazione alimentare, petrolchimica (Brindisi), del cemento, siderurgica (Taranto), editoriale, tessile, delle costruzioni navali.

BARI

Moderna città posta sull'Adriatico, Bari si estende tra il Gargano e Capo d'Otranto. È il secondo centro commerciale del Mezzogiorno e importanti sono gli scambi con l'Oriente favoriti dal famoso porto. La città, importante per l'università, è divisa in due zone: la parte vecchia, di origine bizantina, e la parte nuova, sviluppata all'inizio dell'800.

Castel del Monte, fatto erigere da Federico di Svevia.

Oltre ai capoluoghi di provincia, centri importanti sono Andria, Barletta, Molfetta, San Severo, Altamura, Cerignola, Bisceglie, Manfredonia e Trani.

Storia

Abitata anticamente da popolazioni indoeuropee di ceppo illirico, a partire dall'VIII secolo a.C., subì profondamente gli influssi della colonizzazione greca.
Nel III secolo a.C., in seguito alla penetrazione romana, acquisì notevole importanza e prosperità economica.
Nonostante le diverse rivolte delle popolazioni locali, la regione fu integrata, nel riordinamento augusteo, nella II regione, detta Apulia e Calabria.
Economicamente florida, sia per l'agricoltura sia per i commerci, grazie soprattutto alla posizione strategica tra l'Oriente e Roma, a cui la regione era collegata dalla Via Appia, la Puglia godette, in epoca romana, di una grande importanza.
Seguirono secoli di decadenza e di confusione politica durante i quali la regione, contesa da Longobardi, Bizantini e Saraceni, perse la propria unità.

▼ OCCUPATI PER SETTORE

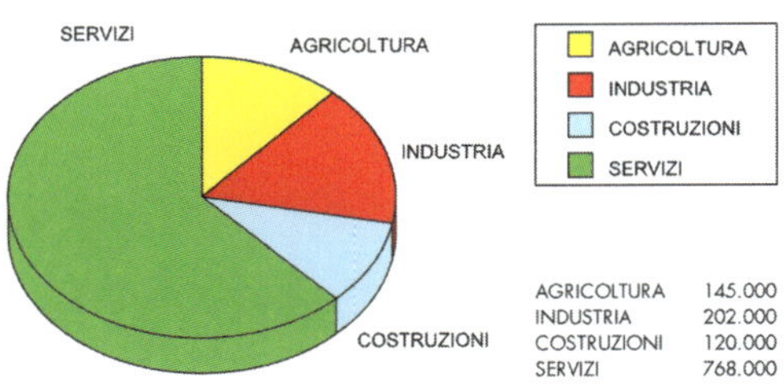

I TRULLI

Un trullo è un'antica costruzione di pietra, formata da una base circolare o quadrangolare, sormontata da una cupola a forma di cono. Questa costruzione è generalmente di dimensioni ridotte, soprattutto se confrontata con un'abitazione moderna.

Risollevatasi sotto il dominio normanno (1071-1266), decadde nuovamente sotto Angioini e Aragonesi, subì le scorrerie dei Turchi e conobbe un lungo periodo di dominio spagnolo (1504-1707).
Un risveglio si ebbe all'inizio della dominazione borbonica, ma nel 1799 la regione fu saccheggiata dalle bande del cardinale Ruffo e, dopo le riforme del decennio francese (1805-1815), cadde nuovamente nell'oscurantismo borbonico.
Con la caduta dei Borboni la Puglia fu annessa al regno d'Italia (1860) e fu divisa nelle province di Bari, Foggia e Lecce.
A queste si sono aggiunte, in seguito, Taranto e Brindisi.

Trani, cattedrale.

▼ LE ALTRE PROVINCE

BARLETTA, ANDRIA e TRANI costituiscono la prima provincia in Italia con capoluogo congiunto fra tre città. L'emblema della provincia è Castel del Monte, dichiarato Patrimonio dell'Umanità.

BRINDISI è una città dall'aspetto moderno, è situata nella penisola Salentina e si affaccia sull'Adriatico.

FOGGIA si trova nel Tavoliere, è un grosso centro commerciale di prodotti agricoli ed è un importante nodo stradale e ferroviario.

LECCE si trova al centro della penisola Salentina, a pochi chilometri dal mar Adriatico e dal mar Ionio. È un importante centro per la lavorazione del tabacco e per il suo artigianato.

TARANTO si trova all'inizio della penisola Salentina, nella parte orientale del golfo omonimo. Bagnata da due mari, il mar Piccolo e il mar Grande, è una fra le più belle città italiane, ricca di giardini, di piccole isole e circondata dai monti.

IL GARGANO

Il susseguirsi ininterrotto, per oltre 130 chilometri, di spiagge, grotte marine, scogliere, pittoreschi strapiombi, brevi arenili, paesini arroccati lungo la costa, resti archeologici, costituiscono un'attrazione irrinunciabile nelle guide del turismo internazionale.

Calabria

▼ DATI GENERALI

Superficie: 15.080 km².

Abitanti: 2.073.852

Densità: 137 abitanti per km².

Capoluoghi di provincia: Catanzaro, Cosenza, Crotone, Reggio di Calabria, Vibo Valentia.

Fiumi: Neto, 95 Km; Crati, 81 Km; Savuto, 50 Km.

Laghi: Ampollino, Avro, di Cecita.

Monti: Appennino Lucano: Pollino, 2.248 m; Catena Costiera, 1.389 m - Sila: Botte Donato, 1.928 m - Le Serre - Aspromonte: Montalto, 1.955 m.

Territorio

La Calabria è situata tra il Mar Ionio a est e il Mar Tirreno a ovest; nella parte centrale della regione si trova il Gruppo della Sila, un'area montuosa che è forse tra le zone più caratteristiche d'Italia.
La cima più alta è il Monte Botte Donato, alto 1.928 metri.
Nella parte meridionale si estende il Massiccio dell'Aspromonte.
Le colline più importanti sono la Piana di Sibari, sulla costa ionica, e la Piana di S. Eufemia e di Gioia Tauro, nella Regione formante l'estremità meridionale dell'Italia peninsulare, tra il Mar Tirreno e il Mar Ionio.
La regione comprende le province di Catanzaro, Cosenza, Crotone, Reggio di Calabria e Vibo Valentia.
Le coste, alte e pittoresche sul Mar Tirreno, sono rettilinee e basse sul Mar Ionio.

Economia

L'agricoltura produce arance, bergamotti, olive, barbabietole da zucchero, fiori, ortaggi e ulivi.
Cedro e bergamotto vengono esportati in tutto il mondo.
Poche sono le strutture industriali: l'unica di una certa rilevanza si trova a Crotone.
Vi sono comunque: industrie olearie a Gioia Tauro ed enologiche (Cirò, Péllaro);

Veduta della costa di Tropea.

industrie chimiche (Crotone e Catanzaro) e metalmeccaniche (Crotone).
La mancanza di risorse della regione ha provocato fino agli anni Settanta una forte emigrazione verso l'estero e l'Italia settentrionale.
L'artigianato produce legni intagliati, tappeti e ceramiche.

Storia

Colonizzata nell'VIII secolo a.C. dalle popolazioni greche, nella parte orientale nota come "Magna Grecia", questa regione conobbe un rapido sviluppo commerciale e urbanistico, nelle città di Reggio Calabria, Sibari e Crotone.

Veduta dell'Aspromonte.

Fu conquistata da Roma dopo la seconda guerra punica, III secolo a.C.; finì poi sotto il dominio di Goti, Bizantini e Longobardi; questi ultimi la annessero al ducato di Benevento, distruggendo l'unità della regione, che venne ripristinata solo nell'885, dal generale bizantino Niceforo Foca, che scacciò saraceni e longobardi.
Il sistema fiscale bizantino, però oppresse la popolazione, continuamente scossa dalle incursioni marittime dei Saraceni.
Riunificata con il ritorno dei Bizantini (secolo X), da essa si diffuse il monachesimo basiliano.
Passò poi sotto il dominio normanno (1059-1198), quindi degli Svevi (1214-1266), Angioini, Aragonesi e, a partire dal 1815, dai Borboni.
Dopo il 15 maggio 1848, si ebbe in Calabria un'insurrezione antiborbonica, cui ne seguì un'altra dovuta allo sbarco di Garibaldi (1860) a Melito di Porto Salvo.
Così, seguendo le sorti del Regno di Napoli, anche la Calabria venne unita al regno d'Italia.

Roccaforte sulla costa ionica calabrese.

I BRONZI DI RIACE

Il 16 agosto 1972 sono stati rinvenuti nel mare Ionico, nei pressi di Riace. Vennero recuperati dopo pochi giorni e il 21 agosto 1972 entrarono a far parte del Museo Nazionale della Magna Grecia di Reggio Calabria (32 Km distante da Gambarie).

▼ OCCUPATI PER SETTORE

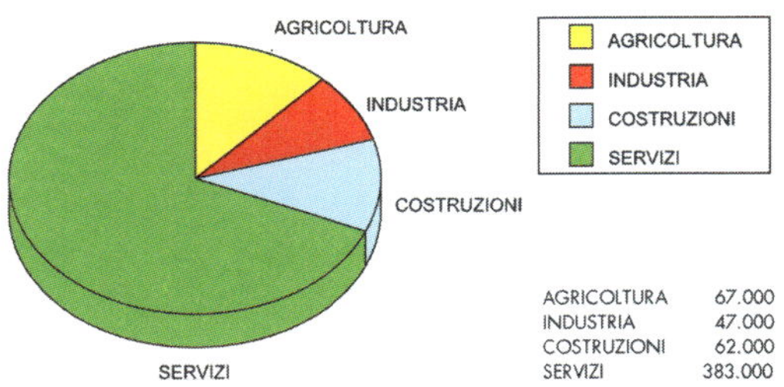

CATANZARO

Di origine bizantina, Catanzaro fu conquistata dai Normanni nell'XI secolo d.C. Fu dominata poi dagli Svevi e dagli Aragonesi. La sua economia fiorì grazie allo sviluppo dell'arte e della seta. Sorge su una serie di colli volti allo Ionio. È soprattutto centro agricolo e commerciale, poche sono le industrie.

▼ LE ALTRE PROVINCE

COSENZA è situata in una cornice di colli nella valle del Crati, alla confluenza del Busento, il quale divide la parte moderna della città da quella antica, che sorge sulle pendici del colle Pancrazio.

CROTONE fu istituita nel 1992, scorporando il territorio nord-orientale della provincia di Catanzaro. L'agricoltura è l'attività economica principale.

REGGIO CALABRIA è situata ai piedi dell'Aspromonte e si affaccia sullo stretto di Messina. Il paesaggio è molto vario: imponenti foreste degradano verso la costa cosparsa di agrumeti, gelsomini e bergamotti.

VIBO VALENTIA è stata istituita nel 1992, scorporando dalla provincia di Catanzaro la parte orientale che si affaccia sul Mar Tirreno.

Basilicata

▼ DATI GENERALI

Superficie: 9.992 km^2.

Abitanti: 610.028

Densità: 62 abitanti per km^2.

Capoluoghi di provincia: Matera, Potenza.

Fiumi: Basento, 149 Km; Agri, 136 Km; Bradano, 116 Km; Sinni, 101 Km; Noce, 80 Km.

Monti: Appennino Lucano: monte Vulture, 1.327 m; monte Volturino, 1.835 m; monte Sirino, 2.005 m; monte Pollino, 2.248 m.

▼ LE PROVINCE

POTENZA è il capoluogo di regione più alto della penisola (823 m). Situata nella valle del Basento, offre un paesaggio montano con strade tortuose e con antichi palazzi addossati gli uni agli altri.

MATERA è situata su un'altura di circa 400 metri sulla valle del Bradano, in una posizione abbastanza isolata. La zona circostante, ricca di macchie boschive e torrenti tortuosi, si addolcisce avvicinandosi alla costa ionica.

Veduta di Potenza.

Territorio

La regione si trova tra la Campania a ovest, la Puglia a nord-est, la Calabria a sud e risente delle tre regioni dal punto di vista economico, caratteriale, storico e dell'ambiente. Si distingue la parte occidentale, montuosa, dalla parte litorale e da quella centrale collinosa, più alta e boschiva nel melfese fino all'arida murgia materana.

Economia

La situazione economica della regione non è particolarmente florida: il paese è arretrato a causa dell'insufficienza della rete stradale e ferroviaria e a causa dell'aridità del terreno. Vengono coltivati grano, orzo, avena, viti. L'allevamento è limitato a ovini e caprini.

▼ OCCUPATI PER SETTORE

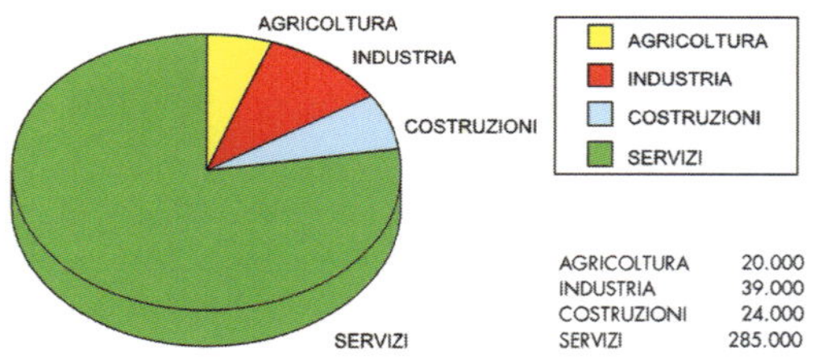

L'industria è basata sulla trasformazione dei prodotti agricoli e dell'allevamento.
Le risorse del sottosuolo sono petrolio e gas naturale.

Storia

La regione fu abitata da Enotri, Greci (VIII secolo a.C.) e Lucani (V secolo).
Subì le invasioni di Visigoti, Goti, Ostrogoti e fu occupata dai Normanni nel XI secolo.
La Basilicata passò poi agli Svevi, agli Angioini, agli Aragonesi, agli Spagnoli ed ai Borboni; venne infine annessa al Regno d'Italia.

Maratea, sulla costa Tirrenica.

IL PARCO DEL POLLINO

Il Parco Nazionale del Pollino, istituito nel 1993, è una zona incontaminata che si trova tra le vette del Dolcedorme e del Cozzo del Pellegrino, lungo il massiccio montuoso calabro-lucano, singolarmente posta tra mar Tirreno e mar Ionio.

Sardegna

▼ DATI GENERALI

Superficie: 24.090 km^2.

Abitanti: 1.665.373

Densità: 70 abitanti per km^2.

Capoluoghi di provincia: Cagliari, Carbonia-Iglesias, Lanusei-Tortolì, Nuoro, Olbia-Tempio Pausania, Oristano, Sanluri-Villacidro, Sassari.

Fiumi: Tirso, 150 Km; Flumendosa, 127 Km; Mannu-Coghinas, 123 Km.

Monti: Gennargentu: Punta La Marmora, 1.834 m; monte Linas, 1.236 m; Catena delle Marghine, 1.200 m; Catena del Gocéano, 1.259 m; monti di Alà, 1.094 m; monte Limbara, 1.362 m.

Isole: Asinara, La Maddalena, Caprera, San Pietro, Sant'Antioco.

CAGLIARI

È situata al centro del golfo omonimo nella costa meridionale della Sardegna. È un importante centro industriale e commerciale, grazie al porto.

▼ LE ALTRE PROVINCE

CARBONIA-IGLESIAS è rappresentata dai due omonimi capoluoghi ed è situata nella parte sudoccidentale dell'isola.

MEDIO CAMPIDANO è una delle nuove province sarde e ha come capoluoghi le città di Sanluri e Villacidro.

NUORO è posta all'interno del golfo di Orosei, sorge su un altopiano tra le due valli del rio dell'Oliena e del torrente Isalle. Nuoro e la sua provincia offrono una natura ancora intatta.

OGLIASTRA, nella zona centro-orientale della Sardegna, ha come capoluoghi Lanusei e Tortolì.

OLBIA-TEMPIO, con le due città di Olbia e Tempio Pausania come capoluoghi, è la provincia che si affaccia a nord sul mar di Sardegna.

ORISTANO è situata a nord della pianura del Campidano e si affaccia sul golfo omonimo. È percorsa sulla sinistra dal fiume Tirso e a nord dallo Stagno di San Giusta; alle spalle troviamo le alture del Monte Arci.

SASSARI comprende la parte nord-occidentale della Sardegna. Situata all'interno del golfo dell'Asinara, è distante dalla costa circa 10 Km. La città è caratterizzata da un paesaggio suggestivo.

Territorio

La Sardegna ha la forma di un rettangolo e su ogni suo lato si apre un golfo: quello di Cagliari a sud, quello di Oristano a ovest, quello di Orosei a est, quello dell'Asinara a nord. Il territorio è prevalentemente montuoso anche se l'alta montagna è assente: il picco più elevato, Punta La Marmora, si eleva per 1.834 metri al centro dell'isola, nel massiccio del Gennargentu. L'unica vera pianura è il Campidano che attraversa l'isola da ovest a sud.

▼ OCCUPATI PER SETTORE

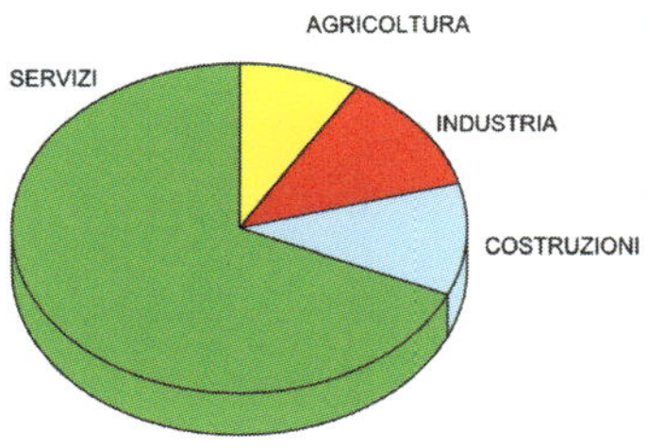

AGRICOLTURA	46.000
INDUSTRIA	65.000
COSTRUZIONI	59.000
SERVIZI	367.000

Economia

L'allevamento degli ovini costituisce una delle risorse economiche basilari della Sardegna, con una produzione cospicua di lana e di carni.
Rilevante è la produzione di sughero e quella di salmarino nelle saline.
La disponibilità di energia elettrica rappresenta un valido presupposto allo sviluppo dell'isola in senso industriale.
Notevole importanza riveste il turismo.

Storia

L'isola venne occupata dai Fenici, dai Cartaginesi, dai Romani, dai Bizantini; fu contesa da Genova e Pisa; fu dominata da Spagna ed Austria ed infine dal Piemonte.

▼ DATI GENERALI

Superficie: 25.708 km^2.

Abitanti: 5.108.710

Densità: 200 abitanti per km^2.

Capoluoghi di provincia: Agrigento, Caltanissetta, Catania, Enna, Messina, Palermo, Ragusa, Siracusa, Trapani.

Fiumi: Salso, 144 Km; Simeto, 113 Km; Platani, 84 Km; Belice, 76 Km; Anapo, 52 Km; Torto, 50 Km; Alcantara, 48 Km; Tenaro 40; San Leonardo, 43 Km.

Monti: Etna 3.340 m - Peloritani: Pizzo di Vernà, 1.287 m - Nebrodi: monte Soro, 1.847 m - Le Madonie: Pizzo Carbonara, 1.979 m - monti Erei - monti Iblei.

Isole: Eolie (o Lipari), Egadi, Pelagie, Ustica.

Sicilia

Territorio

La Sicilia è la maggiore isola del Mediterraneo ed è la regione più estesa e più meridionale d'Italia. Lo Stretto di Messina, largo meno di 3 chilometri, la separa dall'Italia peninsulare e il Canale di Sicilia dall'Africa.
L'isola ha forma vagamente triangolare con i due lati lunghi che si affacciano sul Mar Tirreno a nord e sul Canale di Sicilia a sud, e il lato breve che si affaccia sul Mar Ionio ad est.
Fin dalla dominazione musulmana, l'isola viene considerata geograficamente divisa in tre grandi valli: la Val di Mazara a ovest, la Val Demone a nord-est e la Val di Noto a sud-est. La Sicilia comprende nel suo territorio numerose isole minori: le Eolie o Lipari ed Ustica al largo della costa settentrionale nel Mar Tirreno, le Egadi a occidente a poca distanza dalla costa trapanese, le Pelagie e Pantelleria a sud, nel Canale di Sicilia.

Economia

In modo analogo la Sicilia può essere suddivisa in tre aree anche da un punto di vista economico. La prima zona comprende le province di Catania, Siracusa e la parte meridionale di Messina. In quest'area si è sviluppata soprattutto l'industria chimica, petrolchimica e la raffinazione del petrolio. Qui l'agricoltura è intensiva e di alta qualità. Nella seconda zona, che comprende Palermo, Trapani ed una parte di Messina, si è avuto un forte sviluppo nel settore terziario e nell'edilizia. Infine vi è la zona più povera della Sicilia, che comprende le province di Agrigento, Caltanissetta ed Enna. Un'agricoltura molto povera ed un forte sottosviluppo di quest'area hanno provocato fuga di popolazione e continuo degrado dell'attività economica.

▼ OCCUPATI PER SETTORE

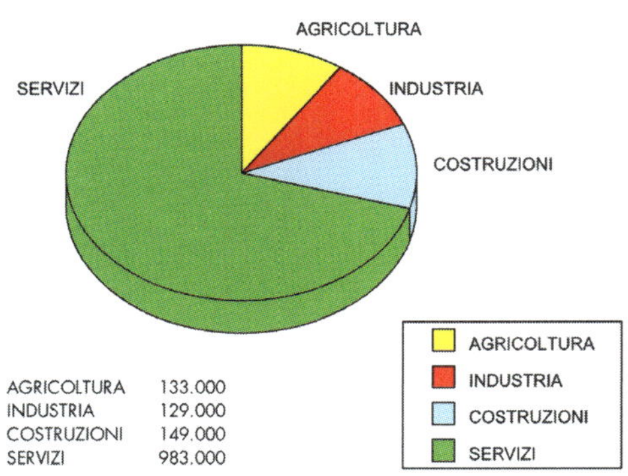

PALERMO

Palermo sorge sul golfo omonimo, nella Conca d'Oro ed è circondata da un paesaggio incantevole ed è ornata da estesi frutteti nell'entroterra e ha una costa ricca di insenature ancora incontaminate. Posta al centro del Mediterraneo, culla delle più antiche civiltà, la città è stata da sempre crocevia di culture fra Oriente e Occidente. Luogo strategico di transito, scalo privilegiato di traffici mercantili e commerciali, approdo di popoli di razze, lingue e religioni diverse, Palermo ha affascinato visitatori e stranieri per la sua felicissima posizione, la mitezza del clima e la bellezza dei luoghi.

Storia

La Sicilia è stata oggetto di lunghe dominazioni che hanno lasciato il segno.
Quello greco, a partire dall'VIII secolo a.C., fu un periodo di grande splendore per l'isola che conobbe cultura e arte insieme a fertilità e rigoglio economico.
I Romani si insediarono in Sicilia nel III secolo a.C. e vi portarono il latifondo, che nei secoli a venire provocò problemi e squilibri economici tra la popolazione.
Furono gli Arabi, nel IX d.C. secolo, a donare nuovamente all'isola splendore e benessere economico.
Le dominazioni che seguirono, eccezion fatta per quella normanno-sveva continuarono a rendere la situazione della regione complessa.

Mosaici della Villa del Casale *a Piazza Armerina.*

▼ LE ALTRE PROVINCE

AGRIGENTO sorge su un'altura presso la costa del Canale di Sicilia. È un rinomato centro archeologico e turistico, oltre che centro agricolo e industriale.

CALTANISSETTA è situata all'interno dell'isola, ai piedi del Monte San Giuliano. È uno dei maggiori centri minerari.

CATANIA è situata ai piedi dell'Etna, a metà della costa ionica. Importante centro industriale, dispone, nella sua provincia, di centri agrumari.

ENNA distesa su una terrazza a mille metri d'altezza proprio al centro dell'isola, offre suggestivi panorami.

MESSINA è situata sullo stretto omonimo. È porto di scalo dei traghetti per il continente, centro industriale, sede universitaria e centro balneare, basta ricordare Taormina.

RAGUSA è situata sui pendii dei monti Iblei, fiancheggiata dai fiumi Irminio e Ippari. È uno dei centri più importanti di produzione di petrolio in Italia.

SIRACUSA è situata sull'unico porto naturale della costa orientale della Sicilia. È centro archeologico oltre che commerciale e peschereccio.

TRAPANI è situata nella parte nord-occidentale della Sicilia, sopra una lingua di terra, che si spinge nel mare, delimitata dal Monte Erice e da una lunga distesa di saline.

EUROPA FISICA

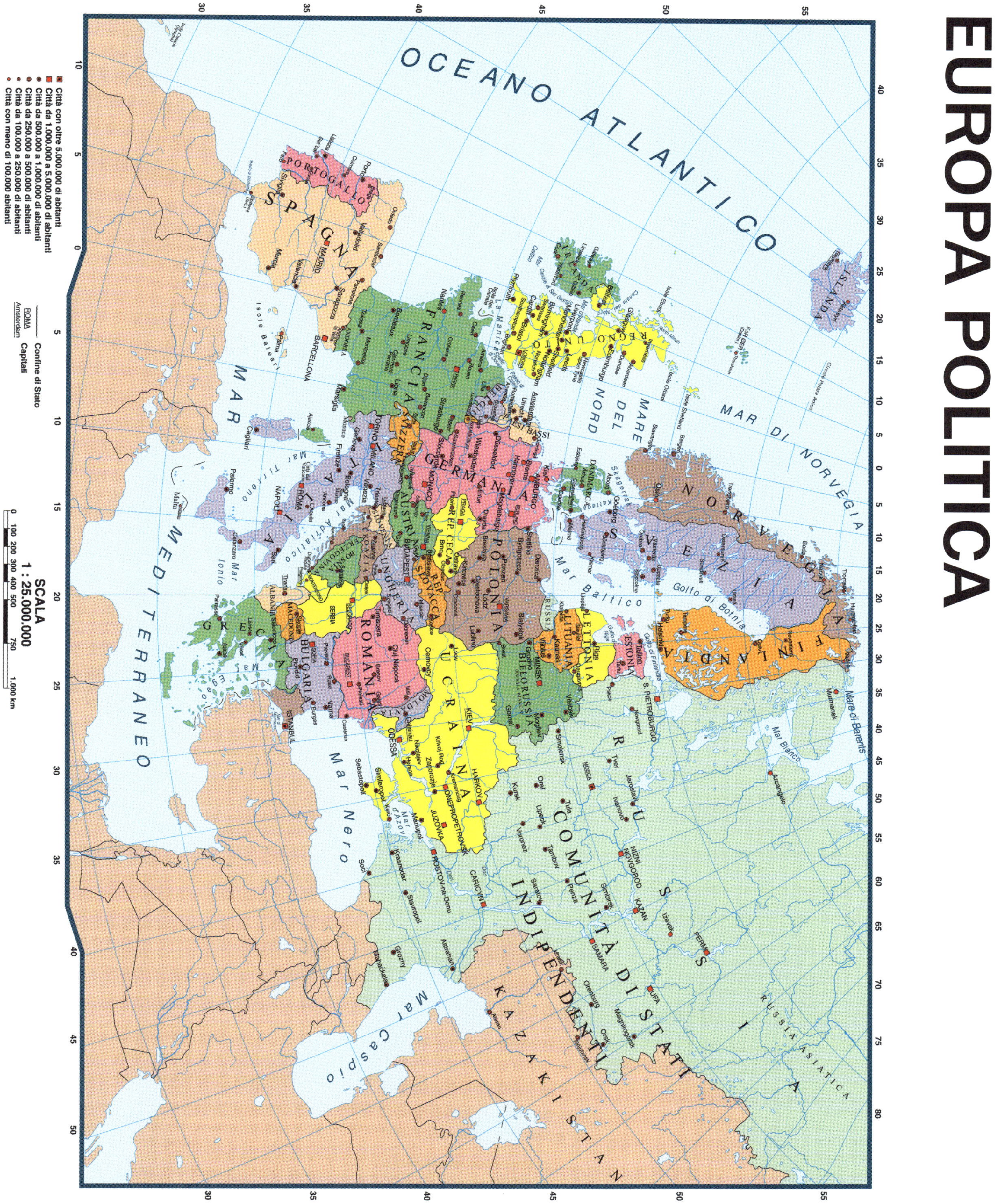
EUROPA POLITICA
OCEANO ATLANTICO
MAR DI NORVEGIA
MARE DEL NORD
MAR MEDITERRANEO
Mar Nero
Mar Caspio
Mar Baltico
Golfo di Botnia
Mare di Barents
Mar Bianco
Mar Tirreno
Mar Adriatico
Mar Ionio
ISLANDA
NORVEGIA
SVEZIA
FINLANDIA
ESTONIA
LETTONIA
LITUANIA
DANIMARCA
REGNO UNITO
IRLANDA
PAESI BASSI
BELGIO
FRANCIA
SPAGNA
PORTOGALLO
GERMANIA
POLONIA
REP. CECA
SLOVACCHIA
AUSTRIA
SVIZZERA
ITALIA
UNGHERIA
ROMANIA
BULGARIA
GRECIA
ALBANIA
SERBIA
CROAZIA
BOSNIA-ERZEGOVINA
MACEDONIA
MOLDAVIA
UCRAINA
BIELORUSSIA
RUSSIA
RUSSIA ASIATICA
COMUNITÀ DI STATI INDIPENDENTI
KAZAKISTAN
Città con oltre 5.000.000 di abitanti
Città da 1.000.000 a 5.000.000 di abitanti
Città da 500.000 a 1.000.000 di abitanti
Città da 250.000 a 500.000 di abitanti
Città da 100.000 a 250.000 di abitanti
Città con meno di 100.000 abitanti
Confine di Stato
ROMA
Amsterdam
Capitali
SCALA
1 : 25.000.000
0 100 200 300 400 500 750 1.000 km

Il concetto di Europa

Più volte nella storia filosofi, politici e intellettuali avevano accarezzato l'idea di un'unica nazione europea. Ma le diversità culturali tra i popoli, le rivalità tra i sovrani e i nazionalismi impedirono sempre la realizzazione concreta di questo sogno. Ancora durante la seconda guerra mondiale, nel 1941, Altiero Spinelli ed Ernesto Rossi, due antifascisti italiani confinati nell'isola di Ventotene, scrissero il documento "Per un'Europa libera e unita", noto come *manifesto di Ventotene*. Essi furono anche i fondatori del Movimento Federalista Europeo, il quale sosteneva che in una federazione ogni stato avrebbe avuto leggi e governi propri, ma sottoposti a un governo centrale soprannazionale.

LA PRIMA TAPPA

Dopo la seconda guerra mondiale si cominciò a capire che l'Europa non avrebbe potuto più sopportare altre tragedie, per cui occorreva cominciare a lavorare all'idea di unità europea.
Dato che le ipotesi di unificazione politica sembravano difficili da realizzare, la via della collaborazione economica sembrava più realistica e immediata.
Si impegnarono per la realizzazione di questo obiettivo alcuni uomini politici democristiani: l'italiano Alcide De Gasperi, il francese Robert Schuman, il tedesco Konrad Adenauer.
Nel 1951, a Parigi, fu realizzata la CECA (Comunità Europea del Carbone e dell'Acciaio) con il compito di produrre e distribuire il carbone e l'acciaio e fissarne il prezzo. Facevano parte della CECA Belgio, Paesi Bassi, Lussemburgo, Francia, Italia e Repubblica Federale Tedesca.

NOVITÀ INTRODOTTE CON IL TRATTATO DI MAASTRICHT

Introduzione di una moneta unica europea, l'euro, che sostituisce completamente le monete dei singoli Paesi a partire dal 2002.

Interventi comuni in campo educativo, culturale, sanitario, industriale e sociale.

Realizzazione in tappe successive di una vera e propria unione economica tra i Paesi associati.

Cittadinanza europea a tutti i cittadini, con precisi diritti e uguali libertà.

Cooperazione nel campo della giustizia e della politica interna; ampliamento dei poteri del Parlamento.

DAL MEC ALL'UNIONE EUROPEA

Visti i risultati molto positivi della CECA i paesi europei decisero di proseguire la collaborazione economica abolendo le barriere doganali in modo da formare un grande mercato. Nacque così nel 1957 il Mercato Comune Europeo (MEC), fondato con il Trattato di Roma, al quale aderirono sei Paesi: Francia, Germania Federale, Belgio, Paesi Bassi, Lussemburgo, Italia. Nasce la Comunità Economica Europea (CEE).
Nel 1973 si aggiunsero Gran Bretagna, Irlanda e Danimarca; nel 1981 si aggiunse la Grecia e nel 1986 la Spagna e il Portogallo per un totale di dodici Stati. Gli scopi che si prefiggeva la Comunità Europea erano la libera circolazione di tutte le merci europee all'interno dei Paesi membri; la progressiva diminuzione dei dazi doganali, fino alla loro abolizione; l'attuazione di una tariffa comune nei confronti degli Stati non aderenti. La CEE ha aiutato e regolato l'agricoltura europea, e ha stretto rapporti commerciali con quasi tutti i paesi del mondo. Le diverse forze politiche europee vedono in modi differenti il futuro dell'Europa, ma ormai tutti sono consapevoli dei vantag-

GLI ORGANISMI DELL'UNIONE EUROPEA

Gli organi di governo più importanti dell'Unione Europea sono il Parlamento, il Consiglio dei Ministri, il Consiglio Europeo, la Commissione europea e la Corte di Giustizia. Il Parlamento ha sede a Strasburgo, in Francia, ed è costituito da 626 deputati eletti direttamente dai cittadini europei ogni cinque anni; svolge una funzione di controllo sulla politica europea ed esprime pareri sulle proposte di legge, la cui approvazione però compete al Consiglio. I deputati sono raggruppati per affinità politiche e non per nazionalità. Il Parlamento ha sempre avuto poteri abbastanza limitati, ma il Trattato di Maastricht li ha aumentati, per cui ha assunto un potere decisionale in alcune materie (trasporti, istruzione, sanità ecc.). Il Consiglio dei Ministri, con sede a Bruxelles, in Belgio, è composto da quindici ministri, uno per ogni Stato dell'Unione; coordina le politiche economiche generali degli Stati dell'Unione e può prendere decisioni esecutive. I rappresentanti dei singoli Paesi cambiano in base agli argomenti trattati (agricoltura, ecologia, commercio ecc.). La presidenza è a rotazione tra i vari Stati e dura sei mesi.

Bruxelles, parlamento europeo.

gi ottenuti con i progressi avuti finora. Un notevole passo in avanti verso l'unità politica è stato fatto nel 1979 con l'elezione del Parlamento europeo. Una tappa decisiva fu poi la firma dell'Atto Unico europeo (1986) che portò alla creazione del Mercato unico europeo.
Grazie a questo accordo dal primo gennaio 1993 la circolazione di merci, persone e capitali è libera all'interno della Comunità. All'interno dei suoi confini ogni cittadino può scegliere liberamente dove vivere e lavorare; i titoli scolastici e professionali sono validi e riconosciuti. Inoltre saranno uniformate le condizioni di lavoro e le misure per la tutela e la sicurezza dei lavoratori.

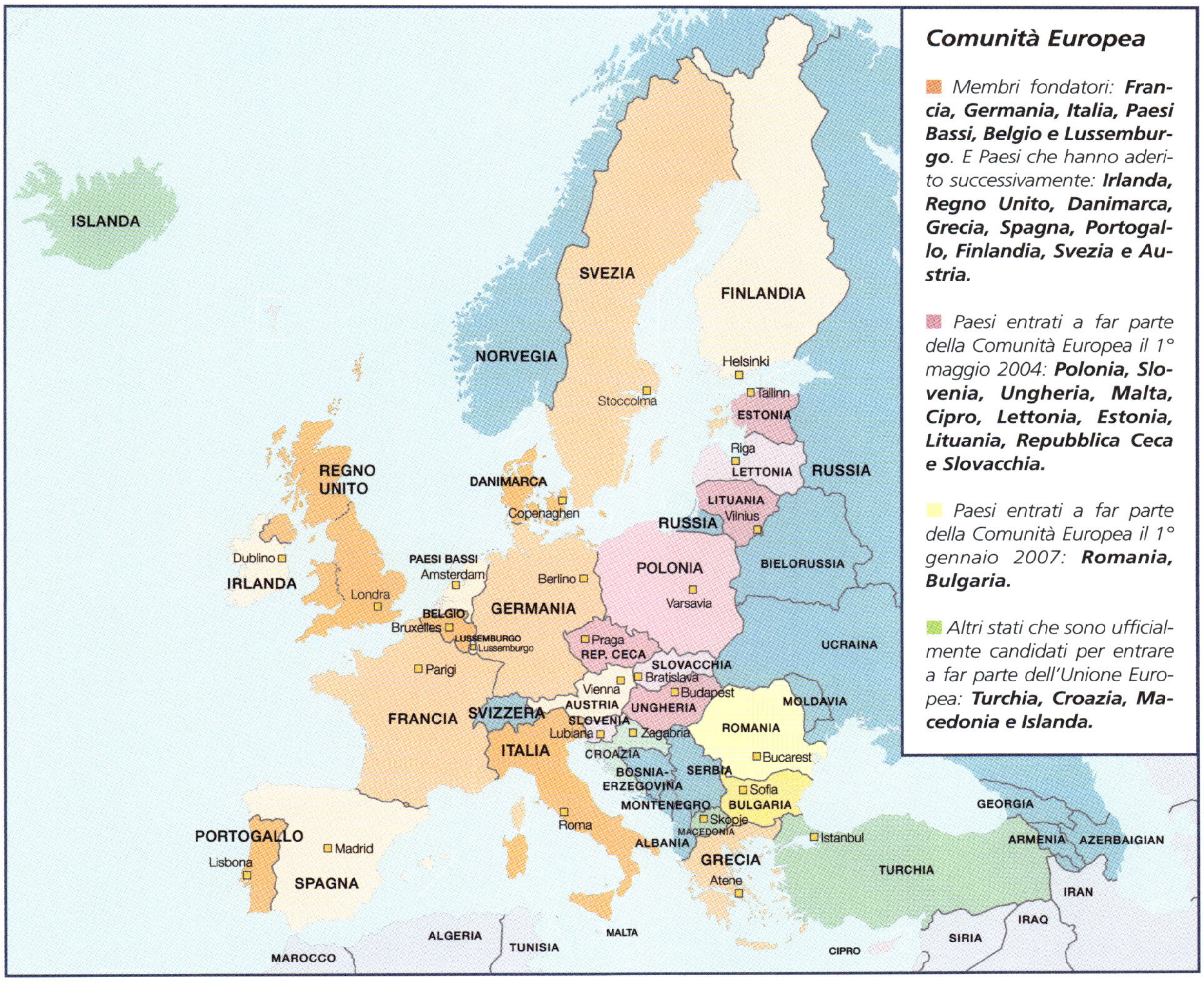

Maastricht

Maastricht, una piccola e poco conosciuta cittadina olandese, è entrata nella storia perché il 7 febbraio 1992 è stata sede della firma del trattato che trasforma la Comunità Economica Europea in Unione Europea (UE) e avvia gli stati aderenti verso l'integrazione politica. Attualmente l'Unione Europea comprende ventisette Paesi: nel 2004 sono entrati a far parte dieci nuovi Stati (Estonia, Lettonia, Lituania, Polonia, Repubblica Ceca, Slovacchia, Slovenia, Ungheria, Cipro e Malta), mentre il 2007 ha visto l'ingresso di Romania e Bulgaria. Con il trattato di Maastricht si è avuta l'introduzione, nel 2002, della moneta unica, l'euro, adottata da Italia, Germania, Francia, Irlanda, Paesi Bassi, Belgio, Lussemburgo, Austria, Finlandia, Spagna, Portogallo, Grecia.

L'Europa dei popoli

L'Unione Europea ha l'obiettivo di far diventare l'Europa una grande potenza economica mondiale. Anche se non è sufficiente una moneta unica per realizzare l'integrazione tra i popoli. L'Europa deve ancora affrontare gravi problemi sociali: disoccupazione, coesistenza tra zone arretrate e zone progredite. L'unione monetaria è solo un primo passo verso l'Europa dei popoli.

Integrazione degli stati nell'UE

1957. Belgio, Francia, Germania, Italia, Lussemburgo e Paesi Bassi firmano il Trattato di Roma, per abolire le barriere doganali e favorire il libero commercio. Nasce la CEE (Comunità Economica Europea).
1973. Si aggiungono Danimarca, Gran Bretagna e Irlanda.
1978. Nasce lo SME (Sistema Monetario Europeo), si introduce l'ECU come riferimento per il cambio delle monete.
1979. Viene eletto dai cittadini il primo Parlamento europeo.
1981. Entra nella CEE anche la Grecia.
1986. Entrano nella CEE Spagna e Portogallo.
1992. Viene firmato il *Trattato di Maastricht* e nasce l'Unione Europea.
1995. Entrano nell'Unione Europea anche Austria, Finlandia e Svezia. Nasce ufficialmente l'Euro.
1997. Viene firmato il *Trattato di Amsterdam* con il quale entra in vigore la convenzione di Schengen per l'abolizione delle dogane. Gran Bretagna e Irlanda però non ne fanno parte.
1999. L'Euro diventa moneta ufficiale a tutti gli effetti.
2002. Dal 1° luglio l'Euro sostituisce definitivamente le monete di Belgio, Germania, Grecia, Spagna, Francia, Irlanda, Italia, Lussemburgo, Paesi Bassi, Austria, Portogallo e Finlandia.
2004. Dal 1° maggio 2004 Estonia, Lettonia, Lituania, Polonia, Repubblica Ceca, Slovacchia, Slovenia, Ungheria, Cipro e Malta aderiscono all'Ue che passa da 15 a 25 membri.
2005. A Lussemburgo, la Bulgaria e la Romania firmano i trattati di adesione. Croazia, Repubblica di Macedonia e Turchia sono i prossimi tre paesi candidati a entrare nell'Ue.
2007. Dal 1° gennaio, la Bulgaria e la Romania sono ufficialmentestati membri dell'Ue.

Spagna

Superficie: 505.909 km².
Abitanti: 39.325.000
Densità: 77 abitanti per km².
Capitale: Madrid.
Moneta: Euro.

Minorca, isole Baleari.

Andorra

Superficie: 453 km².
Abitanti: 65.000
Densità: 143 abitanti per km².
Capitale: Andorra La Vella.
Moneta: Franco francese/peseta.

Gibilterra

Superficie: 6 km².
Abitanti: 28.000
Densità: 4.500 abitanti per km².
Capitale: Gibilterra.
Moneta: Sterlina.

SPAGNA

Territorio

La Spagna occupa l'85% della Penisola Iberica e quindi le sue frontiere, a parte il lato occidentale corrispondente al confine con il Portogallo (1.232 km), coincidono per buona parte con i confini naturali della penisola. Le frontiere sono per 3.904 km marittime, mentre i Pirenei formano un elemento divisorio naturale non facilmente penetrabile.

Veduta esterna della Mezquita Catedral a Cordoba.

Nonostante sia bagnata per così lungo tratto dal mare, la Spagna non è molto aperta verso l'esterno: solo la Pianura Betica (o del Guadalquivir) unisce direttamente le coste all'interno, e non a caso essa fu la prima terra di conquista e di penetrazione araba.

Economia

L'industria costituisce una struttura portante dell'economia spagnola. I principali distretti industriali sono quelli di più antico impianto, cioè quelli a nord del Paese, nelle Province Basche, dove operano numerosi complessi meccanici, avvantaggiati dalle risorse minerarie della zona cantabrica; nella Catalogna, che, in aggiunta alle tradizionali attività tessili, ha ormai industrie chimiche e meccaniche assai attive; nel Levante, in particolare Valencia, dove è sempre fiorentissimo il settore alimentare; ed infine nell'area intorno alla capitale, che annovera importanti complessi chimici e meccanici. Grande importanza rivestono la pesca e l'allevamento degli ovini, in particolare delle pecore merinos, che forniscono lane molto pregiate. L'agricoltura è limitata a causa dell'insufficiente irrigazione ed è quindi ancora dipendente dai fenomeni meteorologici.

▼ OCCUPATI PER SETTORE

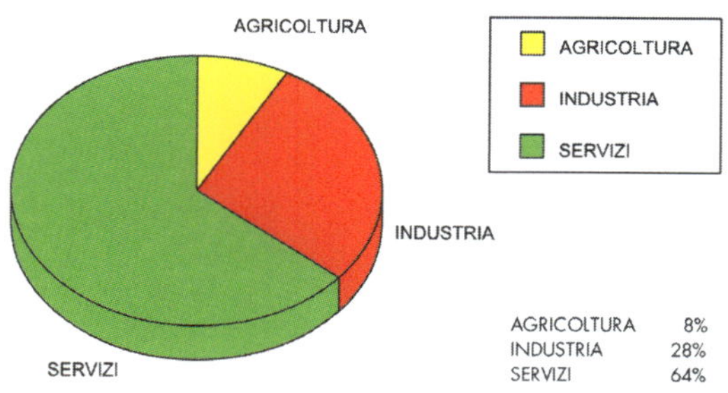

Interni della Mezquita, culla dell'Islamismo spagnolo.

ANDORRA

Regione montuosa nelle alte valli del fiume Valira del Norte e Valira de Orien, che si riuniscono nel Gran Valira.
L'economia si basa sull'agricoltura, sull'allevamento e sul turismo. È anche un importante centro finanziario, grazie alle facilitazioni e alle esenzioni doganali e fiscali.

GIBILTERRA

Colonia britannica che occupa il promontorio omonimo.
Il promontorio si estende nel Mediterraneo dalla costa meridionale spagnola ed è formato da un massiccio che raggiunge un'altezza massima di 426 m.
La popolazione civile è in prevalenza spagnola. Gibilterra è una base navale fortificata, con un porto di transito e di rifornimento. In sviluppo il turismo.

MADRID

Capitale della Spagna e capoluogo della provincia omonima e della Comunità autonoma, è situata nel cuore della Penisola Iberica, ai piedi della Sierra de Guadarrama, sulla sinistra del fiume Manzanares; è il principale centro amministrativo, culturale e finanziario del Paese, la prima metropoli per numero di abitanti e la seconda per importanza economica dopo Barcellona.

▼ LE ALTRE CITTÀ

BARCELLONA la città vecchia presenta una struttura urbana compatta, con vie strette, ed è sede dei principali monumenti. La città nuova, con struttura a scacchiera, è caratterizzata da vie ampie e regolari.

VALENCIA è la terza città del Paese per entità demografica e uno dei principali centri commerciali e industriali.

SARAGOZZA è capoluogo della Comunità Autonoma dell'Aragona e vi sono ospitati un'Università, un Politecnico, l'Accademia delle Belle Arti e l'Accademia Militare.

SIVIGLIA è il massimo emporio commerciale della Spagna meridionale, notevole centro manifatturiero e città ricca di tradizioni storiche, artistiche e folcloristiche.

Portogallo

Superficie: 91.831 km^2.

Abitanti: 9.952.000

Densità: 109 abitanti per km^2.

Capitale: Lisbona.

Moneta: Euro.

Veduta della Costa Bela.

LISBONA

Di origine fenicia, situata sull'estuario del Tago, ha avuto un grande incremento in rapporto all'espansione coloniale del Portogallo ed è tuttora il maggiore centro politico, culturale, commerciale e industriale dello Stato. Il suo porto e il suo aeroporto sono collegati alle principali linee internazionali.

Piazza centrale di Madeira.

PORTOGALLO

Territorio

Il Portogallo forma una specie di rettangolo che si allunga nel senso nord-sud per circa 550 km, mentre in direzione ovest-est si spinge all'interno in media per 150 km. Il territorio di questo stato non è uniforme ma si presenta con una successione di monti, di colline e di pianure che, dai margini dell'altopiano interno spagnolo, scendono verso l'Atlantico.

Il territorio è conseguentemente molto diversificato da zona a zona e le sue regioni sono ben distinte sia da un punto di vista geografico sia da quello socio-economico.

Economia

L'agricoltura presenta una produttività molto bassa: i profitti sono diminuiti negli ultimi anni principalmente come conseguenza di una politica agraria a tratti contraddittoria.

Prevale l'allevamento di ovini, seguono i suini, i volatili da cortile e i bovini.

La pesca rappresenta una delle maggiori risorse dell'economia portoghese.

Particolare importanza riveste l'industria tessile, del vetro, della gomma, della carta, del cuoio, delle calzature e del cemento.

▼ OCCUPATI PER SETTORE

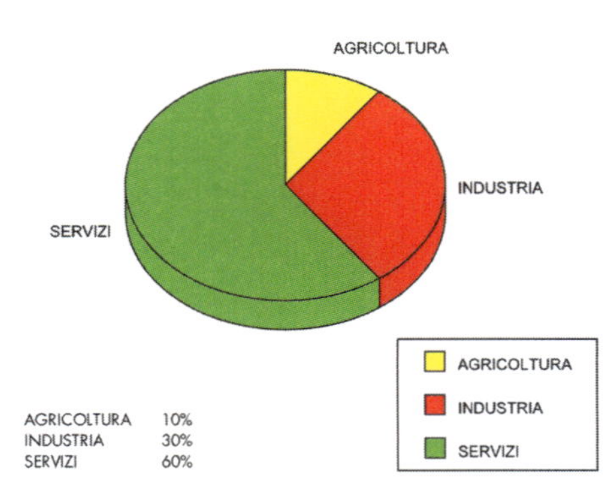

LA TORRE DI BELEM

La Torre venne fatta erigere nel 1515 da Manuel I su una piccola isola davanti al porto di Restelo. In origine doveva avere funzione sia di faro sia di difesa del porto. A causa di uno spostamento della riva del Tejo, oggi la torre è sulla terraferma, vicino al fiume, e vi si accede attraverso un piccolo ponte costruito su un bacino artificiale.

Francia

Superficie: 543.965 km^2.
Abitanti: 58.618.000
Densità: 109 abitanti per km^2.
Capitale: Parigi.
Moneta: Euro.

Mont Sant Michel.

Principato di Monaco

Superficie: 1,95 km^2.
Abitanti: 32.000
Densità: 16.360 abitanti per km^2.
Capitale: Monaco.
Moneta: Franco francese.

FRANCIA

Territorio

Le diverse regioni francesi presentano fisicamente una loro identificazione precisa.
Una delle principali, è il Bacino Parigino, area sedimentaria con lievi ondulazioni (côtes) rotte dai terrazzamenti della Senna; essa ha una sua appendice orientale nella Lorena, regione ricca di minerali ferrosi che si insinua tra le Ardenne e i Vosgi.
A sud dei Vosgi inizia l'Altopiano del Giura. Elemento caratteristico della Francia sud-orientale è il solco rodaniano.
Il Massiccio Centrale è un'ampia area sollevata e sovrastata da coni vulcanici; a sud-est il Massiccio Centrale si rialza nella catena delle Cevènne, che domina la pianura della Linguadoca, al di là del grande apparato deltizio del Rodano, che si espande nel Golfo del Leone; a ovest digrada invece al Bacino Aquitanico, ampia area depressionaria delimitata a sud dalla catena pirenaica.
Il bassopiano Aquitanico si raccorda alle pianure costiere atlantiche, le quali a loro volta si saldano con quelle che si estendono ai margini del Massiccio Armoricano.
Questo antico rilievo è all'origine dei paesaggi della Bretagna e della più piccola Penisola del Cotentin.

LA TORRE EIFFEL

La torre venne progettata nel 1889 da S.G. Eiffel in occasione dell'Esposizione parigina dello stesso anno. Essa è alta 300 m; è strutturata su 3 ripiani e appoggia su quattro grandi piloni di sostegno. Pietra miliare dell'architettura contemporanea, fu uno dei primi esempi di costruzioni in ferro battuto realizzate su grandi dimensioni. È una delle attrazioni e dei simboli di Parigi.

La valle della Loira è caratterizzata da villaggi medievali, castelli, vivaci città e graziosi giardini.

Economia

Il principale prodotto cerealicolo è il frumento insieme a cereali minori come il sorgo e la segale; nella Camargue è invece praticata la coltura del riso. Molto importante anche la produzione di patate.

IL LOUVRE

Fu il palazzo residenziale dei re di Francia a Parigi fino al secolo XVII; attualmente è sede di un museo che è tra i più importanti e famosi del mondo. Vi si accede tramite un ingresso a forma piramidale che introduce a una serie di locali anche sotterranei, distribuiti su tre piani, riservati a esposizioni permanenti e temporanee e a una ampia serie di servizi al pubblico.

La Reggia di Versailles, *residenza della corte di Francia.*

Il nord è la zona più adatta alla bieticoltura, la principale coltura industriale del Paese, i cui sottoprodotti sono destinati all'allevamento.
Di antica tradizione è la viticoltura: i vini francesi sono infatti assai rinomati.
L'allevamento dei bovini è base della prosperità di molte zone agricole e di molte industrie.
La pesca presenta un ruolo di secondo piano, anche se le attrezzature sono molto efficienti e moderne.
Un ruolo tradizionalmente di primo piano hanno le industrie siderurgiche e metallurgiche.
La Francia ha altresì una buona collocazione europea per la metallurgia del rame e ancor più del piombo e dello zinco. Sviluppata è anche l'industria di raffinazione del petrolio.
Le vie di comunicazione sono, in ogni settore, assai sviluppate ed efficienti: ciò contribuisce a facilitare e a sviluppare i traffici commerciali.

▼ OCCUPATI PER SETTORE

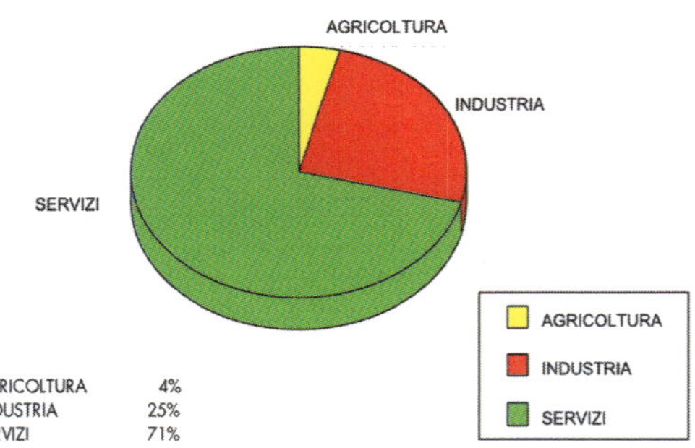

AGRICOLTURA	4%
INDUSTRIA	25%
SERVIZI	71%

PRINCIPATO DI MONACO

Con una superficie di circa 2 km^2, è il più piccolo stato del mondo, se si esclude Città del Vaticano. Le lingue parlate sono il francese e il monegasco; la religione è cattolica.
Il principato è un unico agglomerato urbano divisibile in tre nuclei: Monaco, il centro storico; Montecarlo, con il Casinò e i grandi alberghi; La Condamine, zona degli affari che ospita buona parte della popolazione.

PARIGI

È la capitale della Francia e un importante centro politico, culturale, commerciale, industriale, finanziario e assicurativo. La Parigi vera e propria occupa il cuore dell'Île-de-France ed è situata quasi al centro del Bacino Parigino, sulla Senna, alla confluenza di altre importanti vie d'acqua, quali la Marna e l'Oise; è divisa amministrativamente in 20 circondari.

▼ LE ALTRE CITTÀ

LIONE capoluogo del dipartimento del Rhône, posta in una regione collinare al margine orientale del Massiccio Centrale. È una delle più importanti città francesi dal punto di vista economico e culturale.

MARSIGLIA è il porto più attivo del Paese, naturale sbocco marittimo di un vasto retroterra, nonché la seconda città francese per numero di abitanti dopo la capitale.

BORDEAUX è un attivissimo centro commerciale e industriale, con cantieri navali e grandi complessi aeronautici e chimici.

Irlanda

Superficie: 70.285 km^2.
Abitanti: 3.644.000
Densità: 52 abitanti per km^2.
Capitale: Dublino.
Moneta: Euro.

Tipico paesaggio irlandese.

DUBLINO

I numerosi locali di ritrovo, le attività artigianali e le manifestazioni artistiche attraggono nella capitale intensi flussi turistici, in buona parte esteri. Le attività commerciali si avvalgono di un buon porto, strutturato fin dal secolo XVIII e collegato al retroterra da una fitta rete stradale, ferroviaria e di navigazione interna.

Dublino e il fiume Liffey.

IRLANDA

Territorio

Al centro dell'isola si estende una vasta pianura, rialzata ai lati da rilievi antichissimi che in ampi tratti consentono alla pianura di giungere sino al mare.
I principali rilievi sono: a nord i monti del Donegal, i Monti Sperrin e l'altopiano di Antrim, fiancheggiato più a sud dai Monti Mourne; a ovest i Monti Nephin e Mweelrea; a sud-est l'imponente massiccio dei Wicklow; infine sovrastanti da sud la conca centrale, i Monti Silvermine e Slieve Bloom.
Lembi più o meno estesi di basse terre s'interpongono tra i rilievi periferici determinando una costa bassa ma articolata.
Altrove il litorale è alto e roccioso, specie in corrispondenza del massiccio del Donegal e dei monti dell'Irlanda sud-occidentale.

Economia

A partire dagli anni Cinquanta l'Irlanda ha impresso un ritmo di sviluppo più rapido alla sua economia.
L'agricoltura detiene ancora un posto di rilievo nell'economia irlandese, benché soppiantata per importanza dall'industria che viene controllata da un'autorità specifica, l'IDA (Industrial Development Authority). Permangono alcuni svantaggi, quali la fondamentale dipendenza dal petrolio d'importazione, l'accentuarsi dei processi inflazionistici e il tasso di disoccupazione.
Le vie di comunicazione ferroviarie e stradali sono ben sviluppate, hanno per lo più un andamento radiale e collegano la capitale con tutte le altre principali città irlandesi.

▼ OCCUPATI PER SETTORE

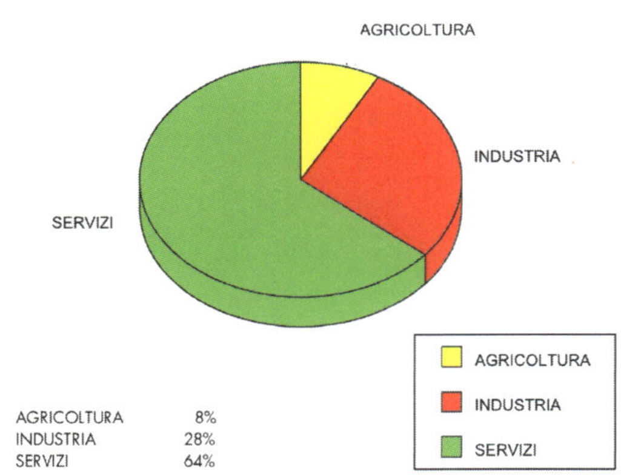

LA GUINNESS

È la birra nazionale irlandese, scurissima, con una schiuma abbondante e cremosa. È fatta con orzo torrefatto. Questo tipo di bevanda è molto apprezzato in tutto il mondo, ma non mancano birre stout prodotte in altri Paesi.

Gran Bretagna e Irlanda del Nord

Superficie: 244.110 km^2.
Abitanti: 58.920.000
Densità: 240 abitanti per km^2.
Capitale: Londra.
Moneta: Sterlina.

Le Guardie della Regina durante una parata.

GRAN BRETAGNA E IRLANDA DEL NORD

Territorio

Il Regno Unito comprende l'isola maggiore dell'arcipelago britannico (ripartita in Inghilterra, Galles e Scozia), l'Irlanda del Nord e circa 5.000 isole minori.

La Gran Bretagna è caratterizzata da un profilo costiero molto articolato, con penisole e lobi separati da profonde insenature che si corrispondono dai due lati, in modo da creare degli istmi, che diminuiscono d'ampiezza verso nord. Queste insenature ora hanno carattere di estuario (Tamigi, Humber), ora sono costituite da insenature a forma di imbuto, strette e allungate, dette *firths*, come il *Firth of Forth e il Firth of Clyde*, che formano la maggiore strozzatura dell'isola.

Più a sud il Solway Firth separa la Scozia dall'Inghilterra. Qui la Cornovaglia e il Galles, separati dal Canale di Bristol, for-

LONDRA

Il cuore della città è rappresentato dalla City, sede di uffici, banche, compagnie assicuratrici e commerciali. Qui vi sono la prima metropolitana del mondo e due aeroporti internazionali. Londra è anche il maggior centro finanziario e commerciale del Paese, sede della Borsa e delle più importanti banche nazionali.

mano due ampie penisole. Nel rilievo, vivace è il contrasto tra le parti settentrionali e occidentali, prevalentemente accidentate e montuose, e la parte sud-orientale, in prevalenza piana.
La morfologia risulta complessa perché il rilievo consta di gruppi e massicci separati (da nord a sud: North West Highlands, Grampiani, Cheviot o Southern Uplands, Monti del Cumberland, Monti Pennini), residui di catene molto antiche, un tempo assai elevate, oggi ridotte a modesta altezza. Questa diminuisce da nord a sud (Ben Nevis nella Scozia, 1.343 m; Monti del Cumberland, 978 m; Monti Pennini, 973 m).

Economia

L'agricoltura è un settore molto redditizio: i campi sono per buona parte occupati dalle colture di cereali, diffusi soprattutto nelle zone orientali più asciutte.
L'orzo, destinato all'alimentazione del bestiame e alla produzione di birra, occupa un quinto dell'arativo; il frumento è coltivato quasi esclusivamente in Inghilterra.
Il settore estrattivo, che denuncia gravi e crescenti difficoltà per il carbone, può contare sui ricchi giacimenti petroliferi del Mare del Nord.
L'industria ha conosciuto momenti di debolezza, a causa del globale invecchiamento delle proprie strutture. Anche nel più antico e tradizionale impianto, il tessile, i problemi sono legati alla difficoltà di competere adeguatamente sui mercati esteri.
Fra le industrie pesanti quella che ha conosciuto la maggiore espansione è la petrolchimica; sorta da una quarantina d'anni, essa si basa su una possente serie di raffinerie. Altre industrie importanti sono quelle siderurgiche, metallurgiche, atomiche, meccaniche di precisione ed elettromeccaniche.
Il Paese è fornito di una fitta rete di vie di comunicazione, in funzione soprattutto delle necessità dell'industria.
Le esportazioni comprendono soprattutto macchinari di vario genere, mezzi di trasporto (aerei, veicoli ecc.), prodotti petroliferi e chimici, prodotti tessili, ferro, acciaio e metalli non ferrosi, bevande, tabacco ecc.
Le importazioni invece comprendono in prevalenza macchinari di alta tecnologia, mezzi di trasporto, manufatti vari, prodotti alimentari, carta, materie plastiche ecc.

Londra, The House of Parliament.

▼ LE ALTRE CITTÀ

BIRMINGHAM è un notevole centro culturale, sede di due università, di istituzioni educative, di musei, di biblioteche, di un giardino botanico e della più antica scuola pubblica inglese.

MANCHESTER già vivace centro manifatturiero nel secolo XIV, si sviluppò dal punto di vista industriale a partire dal secolo XVIII.

GLASGOW è dotata di un porto tra i meglio attrezzati del Paese e di un aeroporto internazionale (Abbotsinch); è un grande centro commerciale e industriale con al primo posto le costruzioni navali e locomotive; è inoltre sede dell'Università di Strathclyde.

BELFAST ha un'economia che si basa soprattutto sull'industria tessile, erede delle manifatture del lino impiantate nel secolo XVII da ugonotti profughi dalla Francia, e sull'industria delle costruzioni navali (i cantieri di Belfast sono tra i più importanti del Regno Unito). Operano anche stabilimenti meccanici, del tabacco, dei cordami e del legno.

▼ OCCUPATI PER SETTORE

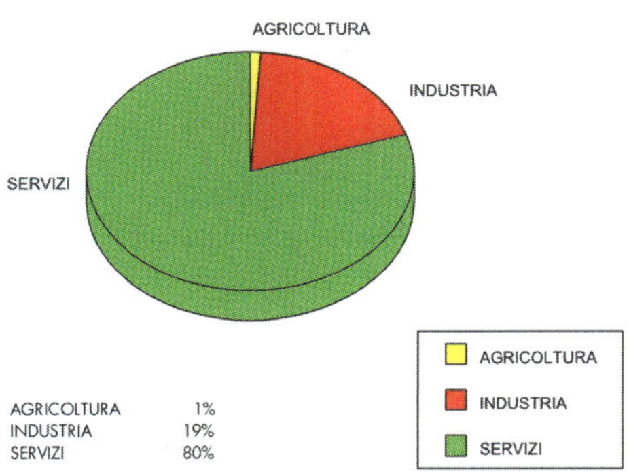

AGRICOLTURA	1%
INDUSTRIA	19%
SERVIZI	80%

Stonehenge, sito megalitico che risale a 4.000 anni fa.

Svezia

Superficie: 449.000 km^2.
Abitanti: 8.844.499
Densità: 19 abitanti per km^2.
Capitale: Stoccolma.
Moneta: Corona svedese.

Iscrizione con alfabeto runico.

STOCCOLMA

La città ha un aspetto moderno e razionale: l'unica zona che conserva un complesso architettonico di impronta medievale è il quartiere di Staden, il più antico nucleo urbano, situato su di una piccola isola nel cuore della città.

SVEZIA

Territorio

Storicamente si distinguono nella Svezia tre principali regioni: il Norrland, o Terra del Nord, lo Svealand, o Terra degli Svioni, il Götaland, o Terra dei Gauti.
Il Norrland è una vastissima aerea dal clima rigido, corrispondente alla parte svedese della Lapponia.
Lo Svealand, corrispondente alla Svezia centrale, si presenta per lo più pianeggiante.
Infine nel Götaland, corrispondente alla Svezia meridionale, si distinguono lo Småland, altopiano di modesta elevazione, e la Scania, parte meridionale della Penisola Scandinava.

Economia

L'avvio della prosperità svedese è legato soprattutto alla nascita delle attività industriali. La realizzazione delle centrali elettriche e l'apertura delle ferrovie consentirono l'utilizzo del legno prima e del ferro poi. Nella siderurgia ebbe un ruolo decisivo l'introduzione di tecnologie avanzate. Grandi lavori di bonifica e di drenaggio consentirono di estendere le colture: avvalendosi di metodi sempre più moderni, fu possibile acclimatare, grazie a opportune selezioni, nuove piante alimentari.
Inoltre furono estese le foraggere per incrementare l'attività zootecnica, il che a sua volta consentì di potenziare ulteriori industrie.

Finlandia

Superficie: 338.114 km^2.
Abitanti: 5.146.000
Densità: 15 abitanti per km^2.
Capitale: Helsinki.
Moneta: Euro.

Tipico paesaggio finlandese.

FINLANDIA

Territorio

Si possono distinguere tre principali regioni morfologiche: la Lapponia, la piattaforma lacustre, la pianura costiera.
A nord si estende la Lapponia, che è la zona più elevata del Paese, e supera in media i 400 metri d'altezza. La piattaforma lacustre corrisponde alla parte centro-meridionale della Finlandia ed è una distesa pianeggiante chiusa a sud dalle morene del Salpausselkä, a nord da quelle del Suomenselkä. La pianura costiera infine è una fascia che continua a sud e a ovest con la piattaforma lacustre.

Economia

Le aree produttive nordiche, anche oltre il Circolo Polare Artico, sono coltivate a orzo (esteso a circa 1/4 delle zone coltivate) e a patate; a latitudini inferiori si trovano l'avena, utilizzata largamente per l'alimentazione del bestiame, e il frumento.
Molto curato è anche l'allevamento, in special modo di bovini e di suini. In Lapponia particolare importanza rivestono le renne.
Considerevoli sono inoltre le produzioni dell'industria siderurgica, metallurgica e meccanica. Ben rappresentate sono anche le industrie tessili, quelle chimiche e petrolchimiche.

HELSINKI

È la capitale della Finlandia e capoluogo della provincia di Uudenmaan; è situata nella parte meridionale del Paese, su di una piccola penisola della costa settentrionale del golfo di Finlandia ed è circondata da una serie di isolotti.

Norvegia

Superficie: 323.758 km².
Abitanti: 4.00.000
Densità: 14 abitanti per km².
Capitale: Oslo.
Moneta: Corona norvegese.

Capo Nord.

Tipico fiordo norvegese.

NORVEGIA

Territorio

Il territorio norvegese è caratterizzato da una lunga striscia montuosa; esigue pianure si trovano nella parte sud-orientale del Paese, che si sviluppa da nord a sud lungo il lato occidentale della Penisola Scandinava.

Economia

Tra le colture cerealicole l'avena e l'orzo, insieme alla patata sono quelle più adatte al rigido clima del nord.
Attente cure sono altresì dedicate all'allevamento, che è quasi interamente stallivo.
Le industrie più sviluppate sono quelle metallurgiche e chimiche.

OSLO

Fondata nel 1050 dal sovrano Aroldo III, dagli inizi del secolo XIV fu residenza di re Haakon V e in seguito la Lega Anseatica fece del porto un attivissimo centro di scambi. Dopo essere stata distrutta dal terrificante incendio del 1624, Cristiano IV la fece subito dopo ricostruire e le diede il nome di Cristiania.

Islanda

Superficie: 102.819 km^2.

Abitanti: 271.000

Densità: 3 abitanti per km^2.

Capitale: Reykjavík.

Moneta: Nuova corona.

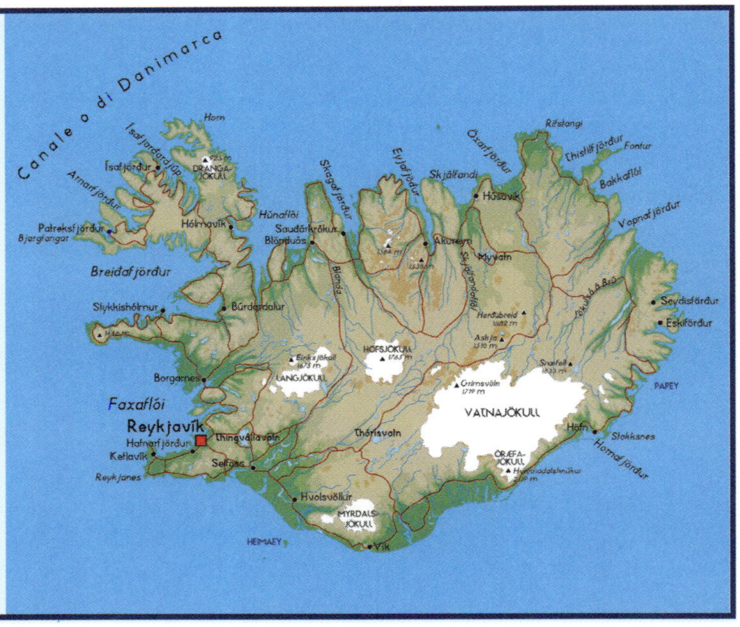

REYKJAVÍK

Fu il primo insediamento scandinavo nell'isola, ma rimase per secoli un piccolo villaggio. Nel 1801 divenne capoluogo dell'Islanda con solo trecento abitanti. Il più antico monumento è la cattedrale di Kirkerup.

ISLANDA

Territorio

L'Islanda è situata nell'Oceano Atlantico settentrionale tra il Mare di Norvegia, lo Stretto di Danimarca e l'oceano aperto: rappresenta la parte emergente di una piattaforma sottomarina formatasi nella parte settentrionale della dorsale medio-atlantica.

Economia

Il paese può contare su un'unica fonte di reddito, il pesce, che dipende dall'andamento dei prezzi del mercato internazionale e ricorre alle importazioni per quasi tutti gli altri beni.

DANIMARCA

Territorio

Il territorio danese è formato da una parte peninsulare, lo Jylland, e da circa 400 isole che per la maggior parte sorgono nelle zone di mare antistanti la costa svedese sud-occidentale.

Economia

Il Paese gode di un livello economico molto alto e le industrie contribuiscono al benessere in modo determinante.
Qualche rilevanza hanno anche l'agricoltura e la zootecnia.

Un geyser: sorgenti in grado di alzare colonne d'acqua calda.

COPENAGHEN

Situata sulla costa orientale dell'isola di Sjælland e della vicina isola di Amager, si affaccia sull'Øresund, di fronte alla città svedese di Malmö, cui è unita attraverso un ponte. La città è inoltre il massimo porto del Paese e il più popoloso centro residenziale, non solo della Danimarca, ma di tutta la Scandinavia.

Danimarca

Superficie: 43.094 km^2.

Abitanti: 5.275.000

Densità: 122 abitanti per km^2.

Capitale: Copenaghen.

Moneta: Corona danese.

Paesi Bassi

Superficie: 41.526 km².
Abitanti: 15.567.000
Densità: 375 abitanti per km².
Capitale: Amsterdam.
Moneta: Euro.

Belgio

Superficie: 30.528 km².
Abitanti: 10.189.000
Densità: 334 abitanti per km².
Capitale: Bruxelles.
Moneta: Euro.

Lussemburgo

Superficie: 2.586 km².
Abitanti: 420.000
Densità: 162 abitanti per km².
Capitale: Lussemburgo.
Moneta: Euro.

AMSTERDAM

È la capitale dei Paesi Bassi, di cui è anche il centro più popolato e industrializzato e il secondo porto dopo quello di Rotterdam. La città di Amsterdam è situata nella provincia dell'Olanda Settentrionale, 50 km a nord-est dell'Aia, allo sbocco del fiume Amstel.

Economia

Circa metà delle zone coltivate è occupata dai cereali; la patata è l'alimento nazionale insieme ai legumi secchi e ai cavoli.
L'agricoltura si avvale di tecniche avanzate: molto diffuse sono, ad esempio, le serre riscaldate.
Estese sono le aree a prati e a pascoli permanenti: prevale l'allevamento bovino.
La pesca rappresenta altresì un settore di rilievo, anche perché modernamente organizzato.

PAESI BASSI

Territorio

La morfologia del Paese è nel complesso unitaria: esistono tuttavia difformità tra la zona più interna e la parte occidentale, in buona parte sotto il livello del mare, dove si estende un paesaggio "anfibio" costituito dalla Zelanda, dai bracci della Mosa e del Reno, da paludi (Biesbosch) e da *polders*, i tipici terreni coltivati al di sotto del livello del mare, (Olanda e Frisia). Una regione a parte è infine il Limburgo olandese, estremo lembo dell'altopiano del medio Belgio, dove si estendono terrazzi ciottolosi e ampie vallate argillose che piegano verso nord-ovest, per scomparire sotto il delta della Mosa e del Reno.

Rotterdam e i suoi grattacieli.

▼ OCCUPATI PER SETTORE

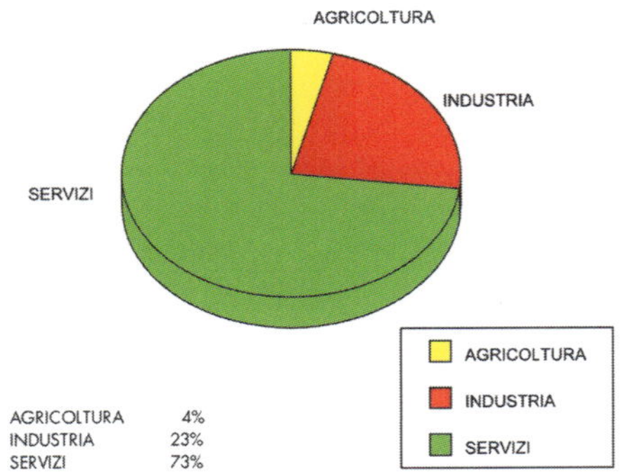

Buona parte delle industrie olandesi sono concentrate nella parte occidentale del Paese, specie nella cosiddetta Randstad Holland, dove la presenza dei porti ha favorito lo sviluppo delle attività manifatturiere, essenzialmente legate alle merci d'importazione.

BELGIO

Territorio

Posto tra l'altopiano delle Ardenne e il Mare del Nord, il Belgio costituisce una porzione della fascia settentrionale dell'Europa centrale formata da massicci che digradano al bassopiano costiero con ampie distese di depositi alluvionali. Il paese è pertanto divisibile, dal punto di vista morfologico, in tre sezioni ben distinte: a sud l'Alto Belgio, corrispondente all'altopiano delle Ardenne, estrema propaggine del Massiccio Renano; al centro il Medio Belgio, che segna il passaggio dai rilievi alla pianura e che corrisponde alla regione storica del Brabante; a nord il Basso Belgio, cioè la pianura costiera delle Fiandre.

Economia

L'agricoltura ha i territori più produttivi e fertili nelle pianure delle Fiandre, occupate da cereali e da barbabietole da zucchero, accanto a colture di minor importanza come il tabacco, il lino, il luppolo.
Diffusa ovunque è la patata e notevole importanza hanno anche le colture frutticole (mele, pere) e orticole.
L'allevamento ha la sua maggior diffusione nelle Ardenne ed è utilizzato per alimentare l'industria casearia.
All'importanza dell'industria estrattiva fa eco quella siderurgica e metallurgica, che produce ingenti quantità di acciaio, ghisa, piombo, rame, zinco.
Al servizio delle attività produttive e commerciali si pone un'ottima rete di comunicazioni.

Piazza centrale di Bruxelles.

▼ LE ALTRE CITTÀ

L'AIA è la capitale delle istituzioni olandesi. È una città di mare, che si protende verso il Mare del Nord; i suoi canali creano pittoreschi scorci costeggiando antichi palazzi e angoli verdi.

ROTTERDAM è un importante centro industriale e commerciale, ma soprattutto è uno dei più attivi porti mercantili del mondo.

MAASTRICHT è situata al margine occidentale del bacino carbonifero di Aquisgrana, all'incrocio di numerosi canali navigabili ed è un attivo mercato agricolo e zootecnico, sede di industrie alimentari, chimiche, metalmeccaniche, cartarie, del vetro, delle ceramiche, elettrotecniche, del cemento e del tabacco.

ANVERSA è dotata di un porto che è il terzo d'Europa dopo quelli di Rotterdam e di Marsiglia, soprattutto perché rappresenta lo sbocco naturale non solo del Belgio e del Lussemburgo, ma di un vastissimo hinterland altamente industrializzato.

Amsterdam, conosciuta anche come "Venezia del Nord".

LUSSEMBURGO

Il Lussemburgo è un piccolo stato che si identifica in larga misura con le alte terre che formano lo spartiacque tra la Mosa e la Mosella.
L'agricoltura riveste ormai un ruolo piuttosto marginale mentre l'allevamento è condotto con metodi moderni e razionali.
Le risorse del sottosuolo sono limitate ai minerali di ferro, ormai quasi esauriti.
Nettamente prioritaria è l'industria siderurgica (acciaio, ghisa e ferroleghe) e abbastanza diversificato è il settore manifatturiero.

Lussemburgo, capitale dell'omonimo Granducato, è situata su un promontorio che si affaccia sulle valli del Pétrusse e dell'Alzette.

Germania

Superficie: 357.021 km^2.
Abitanti: 82.012.000
Densità: 230 abitanti per km^2.
Capitale: Berlino.
Moneta: Euro.

Il Duomo di Berlino.

Il castello barocco Zwinger a Dresda.

GERMANIA

Territorio

I tratti fondamentali del territorio tedesco sono caratterizzati dalla successione di tre grandi entità regionali: il bassopiano, i rilievi centrali e gli altopiani e i rilievi prealpini.
La regione centrale è la zona in cui la Germania assume i suoi caratteri morfologici più spiccati. Questi massicci, che in genere non raggiungono i 1.000 metri, sono il nucleo centrale della geografia germanica.
Costituiti in prevalenza da rocce scistoso-cristalline e da lembi sedimentari permo-carboniferi, i rilievi dei Monti Medi rappresentano i resti di antiche catene sollevate dall'orogenesi ercinica e successivamente spianate.
Tra i massicci paleozoici s'impongono nell'estremo lembo occidentale l'Eifel e l'Hunsrück, prosecuzione degli altopiani delle Ardenne, con il Taunus, il Westerwald, il Rothaar-Gebirge e le alture del Sauerland, a est del Reno, che costituiscono il cosiddetto Massiccio Scistoso Renano.

BERLINO

Dopo la seconda guerra mondiale Berlino venne divisa in due unità politico-amministrative nettamente distinte. Berlino Ovest ha costituito, fino al 1990, uno Stato federato della Repubblica Federale di Germania; Berlino Est invece è stata, fino al 1990, la capitale della Repubblica Democratica Tedesca.

Il Castello di Neuschwanstein, *uno dei simboli della Baviera.*

Nella parte orientale i massicci, caratterizzati da un allineamento romboidale, sono quelli della Selva di Turingia, della Selva di Franconia, dei Monti Metalliferi ed infine della Selva Boema.
Monti di origine vulcanica sono invece il Vogelsberg, il Rhön e parte dell'Harz.
La Germania confina a est con la Polonia e la Republica Ceca, a sud-est con l'Austria e la Svizzera, a ovest con la Francia e il Belgio. A nord-ovest è bagnata dal Mare del Nord e a nord-est dal mar Baltico. A nord confina con la Danimarca.
Sulla Fossa Renana convergono i bacini della Svevia e della Franconia, orlati a sud e a est dal Giura Svevo e dal Giura Francone, anticlinali di rocce giurassiche che rappresentano i primi piegamenti dell'avampaese alpino.
Infine, il Bassopiano Settentrionale tedesco (Tiefland) rappresenta sostanzialmente la prosecuzione da un lato delle pianure della Frisia, dall'altro di quelle polacche.

▼ OCCUPATI PER SETTORE

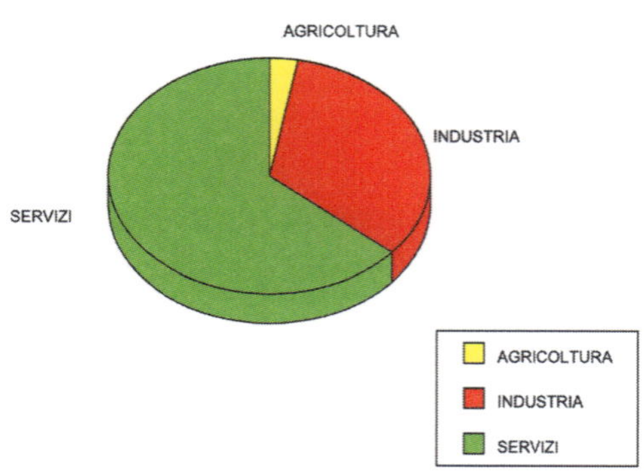

AGRICOLTURA	2,8%
INDUSTRIA	33,4%
SERVIZI	63,8%

LA CADUTA DEL MURO DI BERLINO

Nel 1961 il governo comunista, per impedire la fuga verso Ovest dei propri cittadini, innalzò un muro che attraversava la città da nord a sud. Il muro di Berlino è caduto il 9 novembre del 1989, quando il regime comunista della Germania Est è entrato in crisi per la forte pressione della protesta popolare esercitata dai tedeschi orientali in manifestazioni pubbliche e pacifiche, in cui chiedevano la libertà di espatrio. Da quel giorno ha avuto inizio il processo di riunificazione delle due Germanie, che si è concluso il 3 ottobre 1990.

Economia

Le coltivazioni agricole interessano un terzo della superficie territoriale; la tendenza è stata accentuata dal fatto che negli ultimi anni un processo di concentrazione e di ampliamento delle aziende agricole ha consentito l'incremento della meccanizzazione.
Le principali produzioni sono quelle cerealicole. Notevole importanza hanno anche l'avena e soprattutto la patata.
Tra le colture frutticole prevalgono le mele, le pere e le prugne.
L'agricoltura è largamente al servizio dell'allevamento del bestiame, che tradizionalmente costituisce un settore molto qualificato e remunerativo dell'economia.
La pesca è praticata in misura molto modesta nelle acque interne e in quelle costiere; è invece di rilevanti proporzioni la pesca d'alto mare.
Il settore industriale è molto solido e ben sviluppato e copre tutta la gamma delle produzioni.
Il grande apparato industriale, che si basa su intensissimi scambi, ha al suo servizio un sistema di trasporti, vie di comunicazione, infrastrutture portuali e aeroportuali tra i meglio organizzati nel mondo.
L'importanza dell'economia tedesca su scala mondiale trova una immediata rispondenza nell'entità dei suoi scambi internazionali.

▼ LE ALTRE CITTÀ

MONACO è una delle città economicamente più attive del Paese, nota per le sue industrie della birra, meccaniche, degli strumenti di precisione e apparecchi fotografici, tessili e del tabacco.

COLONIA è sede arcivescovile e primario centro culturale grazie alla presenza della famosa Università, di vari istituti superiori di pedagogia, musica, economia, di numerose istituzioni educative e culturali e di importanti musei.

AMBURGO svolge da tempo una rilevante funzione culturale. Tra i suoi musei ricordiamo quello di Etnologia e Preistoria, il Museo storico della città, Museum für Kunst und Gewerbe (scultura e arti applicate) e, soprattutto, la Kunsthalle.

Berlino, la colonna della Vittoria.

Svizzera

Superficie: 41.285 km^2.

Abitanti: 7.118.000

Densità: 173 abitanti per km^2.

Capitale: Berna.

Moneta: Franco svizzero.

Liechtenstein

Superficie: 160 km^2.

Abitanti: 31.145

Densità: 195 abitanti per km^2.

Capitale: Vaduz.

Moneta: Franco svizzero.

SVIZZERA

Territorio

La Svizzera comprende tre regioni ben differenziate: a sud una zona alpina, al centro una fascia prealpina e pedemontana, il cosiddetto Mittelland, a nord-ovest il Giura.

Economia

Benché priva di risorse minerarie, la Svizzera è uno dei Paesi più ricchi ed economicamente avanzati del mondo. I redditi derivati dall'agricoltura sono elevati grazie al largo impiego di macchine all'avanguardia, concimi, sementi selezionate.

L'allevamento può contare sull'ampia diffusione di colture foraggere e sulla grande abbondanza di prati e pascoli permanenti.

La Svizzera è, inoltre, un Paese industriale di prim'ordine, in quanto poggia su basi economiche e finanziarie particolarmente solide e può contare sull'alta qualità dei prodotti, garantita da una manodopera specializzata.

BERNA

Berna è un frequentato centro culturale e turistico: è la città svizzera che meglio ha saputo conservare il suo borgo medievale. Numerosi sono inoltre gli edifici e i monumenti rinascimentali e barocchi; l'aspetto generale della città, grave e severo, deriva dall'architettura settecentesca.

Uno scorcio del lago di Ginevra.

LIECHTENSTEIN

Esteso sul versante nord-occidentale della catena alpina del Reticone e limitato a ovest dal corso del Reno, confine naturale con il cantone svizzero di San Gallo, il Liechtenstein è un Paese di dimensioni assai ridotte, in prevalenza montuoso.

Poco rilievo vi occupa ormai l'agricoltura, mentre importante è l'allevamento bovino.

Sono le attività manifatturiere e quelle terziarie ad assicurare al Paese una grande prosperità.

Portici e fontane segnano il centro antico della città di Berna, racchiuso da una stretta ansa del fiume Aare.

Austria

Superficie: 83.859 km^2.

Abitanti: 8.088.000

Densità: 97 abitanti per km^2.

Capitale: Vienna.

Moneta: Euro.

AUSTRIA

Territorio

L'Austria meridionale è occupata dalla parte nord-orientale delle Alpi, a eccezione dell'estremo lembo orientale del Paese; l'Austria settentrionale comprende l'Altopiano del Danubio e, a nord-ovest, i rilievi meridionali del Massiccio Boemo.

L'Austria confina con la Repubblica Ceca a nord, con la Germania a nord-ovest, con la Svizzera e il Liechtenstein a ovest, con l'Italia e la Slovenia a sud, con l'Ungheria e la Repubblica Slovacca a est.

▼ OCCUPATI PER SETTORE

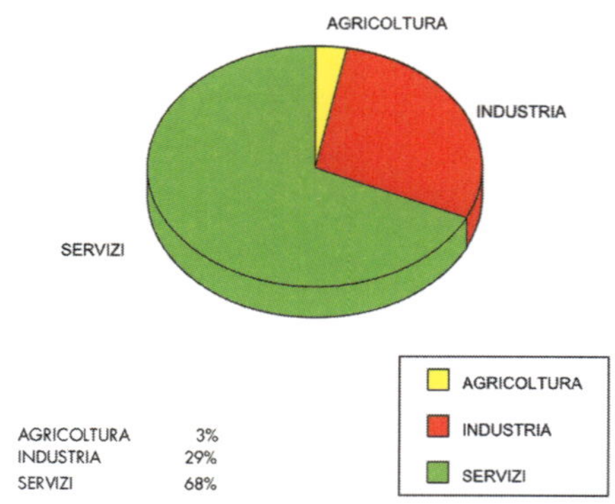

VIENNA

Grazie alla sua posizione alla convergenza di importanti vie di comunicazione stradali, ferroviarie, fluviali e aeree, Vienna è un emporio commerciale, centro industriale e finanziario e anche centro turistico.

IL DANUBIO

È il maggior fiume europeo dopo il Volga. Si forma in Germania dall'unione dei fiumi Brigach e Breg, che nascono dalla Selva Nera, e scorre con prevalente direzione ovest-est per 2.860 km interessando il territorio di nove Stati e sfociando infine nel Mar Nero con un ampio delta.

Economia

Prevalgono il frumento, il mais e i cereali d'ambiente montano (orzo, segale, avena); coltura diffusissima è la patata e importante ai fini industriali è la barbabietola da zucchero.

Ottimamente sviluppata è la frutticoltura e non manca la viticoltura. Non meno rilevante è l'allevamento che, anche qui, può contare su pascoli permanenti.

Occupano un posto preminente i settori siderurgico e metallurgico; sviluppata è inoltre l'industria meccanica. Altri importanti settori industriali sono quello dei derivati del legno, quello chimico, petrolchimico e tessile.

Graz, capoluogo della Stiria.

Polonia

Superficie: 312.685 km^2.
Abitanti: 38.802.000
Densità: 124 abitanti per km^2.
Capitale: Varsavia.
Moneta: Nuovo Zloty.

Veduta di una via Varsavia.

POLONIA

Territorio

La Polonia occupa la parte intermedia di una grande fascia pianeggiante che, senza soluzione di continuità, si estende dal Mare del Nord agli Urali; il territorio polacco costituisce in certo modo il tratto di sutura tra il bassopiano germanico e quello sarmatico e si configura come una successione di piane alluvionali e di lievi ondulazioni, rialzate solo a sud, dove si elevano i Sudeti (Massicci della Boemia) e i Beschidi (Carpazi).

Territorio

Le colture prevalenti sono rappresentate dai cereali e dalla patata.
Tra le colture industriali la più importante è la barbabietola da zucchero. L'industria rappresenta oggi il cardine economico del Paese, nonostante esistano ancora aree depresse. Tra i principali settori si pone quello siderurgico. In espansione il settore della pesca.

▼ OCCUPATI PER SETTORE

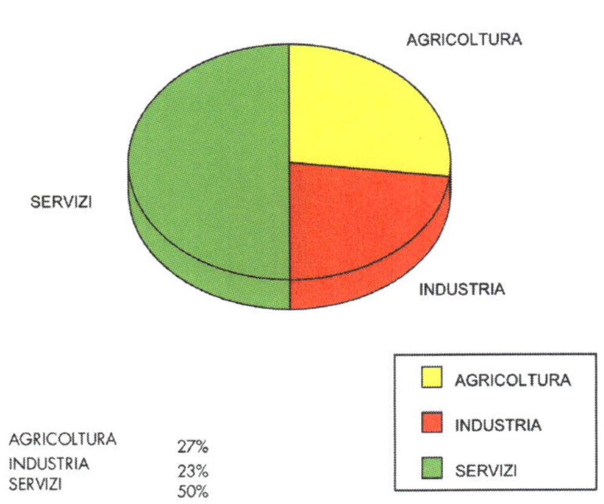

VARSAVIA

È la più popolosa città della Polonia e ne è anche il massimo centro culturale, politico, amministrativo, finanziario ed economico. Il nucleo più antico dell'abitato, di origine medievale, sorge su un terrazzo fluviale alla sinistra della Vistola.

Repubblica Ceca

Superficie: 78.886 km².
Abitanti: 10.307.000
Densità: 130 abitanti per km².
Capitale: Praga.
Moneta: Corona ceca.

PRAGA

Praga è la capitale della Repubblica Ceca e il capoluogo della regione della Boemia Centrale. È anche il maggior centro industriale, commerciale, finanziario, politico, culturale e turistico.

REP. CECA

Territorio

Il paesaggio appare composito per la presenza di due unità regionali, ben distinte sia strutturalmente sia morfologicamente. La parte occidentale del Paese è occupata dalla Boemia, vasto quadrilatero di alte terre rialzato ai lati e inserito nell'area dell'Europa ercinica; la porzione orientale corrisponde alla Moravia, sorta di corridoio pianeggiante inclinato verso il Danubio.

Economia

La Repubblica Ceca si colloca tra i Paesi a medio livello economico. Prevalgono nettamente le attività industriali, anche se l'agricoltura occupa un posto importante nell'economia e si caratterizza per l'elevata meccanizzazione raggiunta, la specializzazione delle colture prevalentemente intensive e il consistente impiego di fertilizzanti.

REP. SLOVACCA

Territorio

Il territorio slovacco appare accidentato e risulta essenzialmente costituito dalle catene cenozoiche dei Carpazi Occidentali, con forme spesso assimilabili a quelle alpine.
I Carpazi formano qui due serie di pieghe: un arco esterno, comprendente i Piccoli Carpazi, i Carpazi Bianchi e i Beskidi; e un arco interno, che il solco percorso dal Váh e dal tratto superiore del Hornád divide in Alti Tatra e Bassi Tatra.

Economia

I principali prodotti agricoli sono il frumento, l'orzo, il mais, le patate e le barbabietole da zucchero. Importante è l'allevamento, specie di suini e bovini.
Notevole la produzione di energia nucleare. Le industrie metallurgiche e siderurgiche sono le più sviluppate, anche se la situazione generale presenta alcune aree depresse.

Praga, orologio collocato nella parte bassa della Torre del Municipio.

BRATISLAVA

La sua posizione, sulla maggiore via navigabile d'Europa, il Danubio, ne ha fatto un importante porto di sbarco di cereali provenienti dall'Est europeo e d'imbarco dei prodotti dell'industria meccanica.

Repubblica Slovacca

Superficie: 49.035 km².
Abitanti: 5.404.000
Densità: 110 abitanti per km².
Capitale: Bratislava.
Moneta: Corona slovacca.

Ungheria

Superficie: 93.030 km².

Abitanti: 10.176.000

Densità: 110 abitanti per km².

Capitale: Budapest.

Moneta: Fiorino ungherese.

UNGHERIA

Territorio

L'arco dei Carpazi a est e a nord, le estreme propaggini delle Alpi Orientali a ovest, il versante esterno del sistema dinarico a sud racchiudono una delle più vaste depressioni tettoniche d'Europa, il bacino (o pianura) pannonico, che, compreso in massima parte entro i confini dell'Ungheria, determina l'aspetto dominante del paesaggio.
Nel Paese si possono distinguere varie regioni: a ovest il Transdanubio (Dunántúl) a occidente del Danubio, che è il basilare elemento divisorio della geografia ungherese; a est la Grande Pianura o Pianura Ungherese Inferiore (*Nagyalföld* o più semplicemente e comunemente *Alföld* , terra bassa) a oriente del fiume; a nord una ristretta zona montuosa, costituita dai rilievi precarpatici racchiusi tra il Danubio e il Tibisco.

▼ OCCUPATI PER SETTORE

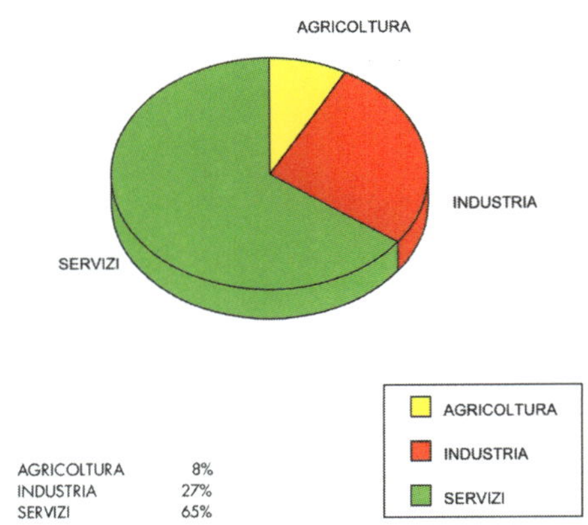

Economia

A partire dal secondo dopoguerra l'economia ungherese fu retta da piani di sviluppo volti a trasformare un Paese agricolo in uno prevalentemente industriale; l'agricoltura fu riorganizzata sulla base di una radicale riforma che, eliminate le grandi proprietà, puntò sulla creazione di cooperative. L'industria venne sistematicamente potenziata a danno delle altre attività e, al suo interno, furono nettamente privilegiate le produzioni di base a scapito di quelle destinate ai consumi.
Nel 1968 il cambiamento divenne ancor più radicale: fu dato avvio a un graduale decentramento della pianificazione, furono adottati nuovi criteri di competitività e di profitto aziendale, la formazione dei prezzi di alcuni prodotti fu lasciata ai meccanismi del mercato. Questo processo di liberalizzazione ha avuto un effetto positivo grazie anche all'afflusso di capitali esteri.
Recentemente l'Ungheria ha attivato uno scambio con l'estero a prezzi competitivi.

BUDAPEST

Situata su entrambe le rive del Danubio, poco distante dal confine cecoslovacco, la città fu istituita nel 1873 mediante l'unione dei centri di Buda e Óbuda, sulla sponda destra, e di Pest su quella opposta.

Le rive del lago Balaton.

Romania

Superficie: 238.391 km².

Abitanti: 22.572.000

Densità: 95 abitanti per km².

Capitale: Bucarest.

Moneta: Leu.

Romania, castello Peles.

Bulgaria

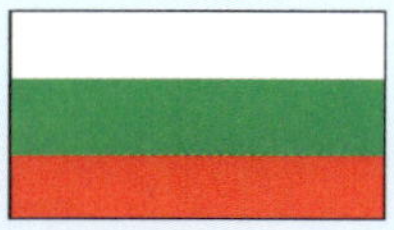

Superficie: 110.994 km².

Abitanti: 8.329.000

Densità: 75 abitanti per km².

Capitale: Sofia.

Moneta: Lev.

ROMANIA

Territorio

Di forma pressoché circolare, in parte delimitata a sud dal Danubio e a est da un suo importante tributario, il Prut, la Romania occupa la parte orientale della regione carpato-danubiana. Le grandi aree naturali romene sono armonicamente distribuite in un anfiteatro concentrico; al centro si trova l'altopiano della Transilvania attorniato dalla catena dei Carpazi, mentre all'esterno la zona delle colline e dei pianori trapassa in una fascia di basse pianure che si estendono sino alle frontiere del Paese: la Valacchia a sud, verso il Danubio, la Moldavia a est, verso il Prut. È infine compresa nella Romania quasi tutta la Dobrugia, area di modesta elevazione tra il corso terminale del Danubio e il Mar Nero.

▼ OCCUPATI PER SETTORE

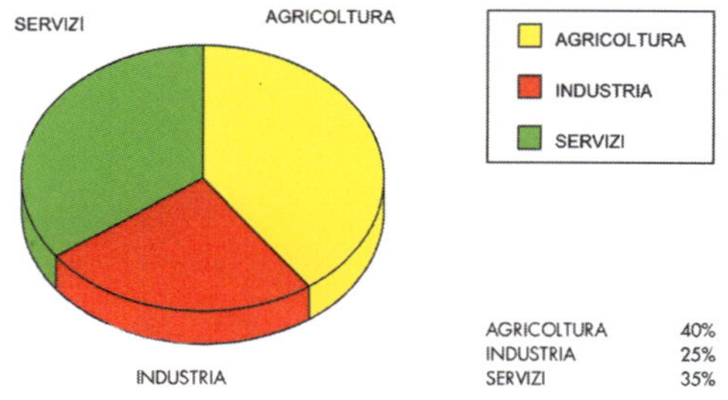

BUCAREST

È la capitale della Romania ed è situata nella parte sud-orientale del Paese, al centro della pianura Valacca, tra il Danubio a sud e i Carpazi a nord; è attraversata dal fiume Dîmbovita, affluente dell'Arges.

Uno dei monasteri dipinti della Bucovina.

Economia

In contrasto con la politica estera di decisa autonomia dall'URSS, la Romania era però lo Stato dell'Est europeo nel quale si era conservato più integro il sistema economico di tipo sovietico.
Oltre alle colture cerealicole, che sono alla base del fabbisogno alimentare della popolazione, vaste aree sono destinate alle foraggere, necessarie a un allevamento in continua espansione.
Notevole è l'allevamento del bestiame, attività che viene ormai svolta in grandi aziende modernamente attrezzate. Conserva il suo importante ruolo l'allevamento ovino; di recente sono state introdotte nel Paese razze pregiate per la lana (di cui la Romania è tra i principali produttori d'Europa), come le pecore merinos.
Attiva è la pesca; il maggior quantitativo di pescato proviene dal Danubio e dalle numerose lagune che orlano le coste della Dobrugia. Chiave dell'economia romena sono le industrie siderurgica, metalmeccanica e chimica: questi sono appunto i settori che hanno registrato i maggiori progressi.

LA TRANSILVANIA

È formata da un vasto altopiano inciso da vari tributari del Danubio e racchiuso dai rilievi montuosi dei Carpazi Boscosi a nord, dei Carpazi Orientali a est, delle Alpi Transilvaniche a sud e dei monti Apuseni a ovest. La popolazione è costituita in prevalenza da romeni, da ungheresi e da tedeschi.

▼ LE ALTRE CITTÀ

COSTANZA è capoluogo della provincia omonima, sulla sponda occidentale del Mar Nero ed è un attivo centro commerciale ed il principale porto del paese. È sede inoltre di complessi industriali. La città è frequentata anche per la sua stazione balneare.

CRAIOVA in questa città, il 7 settembre 1940, furono firmati gli accordi romeno-bulgari che reintegrarono alla Bulgaria la Dobrugia meridionale, precedentemente ceduta alla Romania con la pace di Bucarest del 1913.

ROMAN nodo stradale e ferroviario, è inoltre sede di importanti industrie metalmeccaniche, alimentari, chimiche e dei materiali da costruzione.

BULGARIA

Territorio

Il territorio bulgaro ha il suo principale elemento strutturale nella catena dei Balcani che, distesa da ovest a est sino al Mar Nero, divide interamente il Paese.
Il versante settentrionale declina direttamente al Danubio con una serie di altopiani e di ondulazioni collinari; verso sud invece i Balcani scendono bruscamente e sono preceduti da una catena parallela, la Sredna Gora.
Tra le due catene si apre una depressione tettonica, in parte percorsa dal fiume Tundza.

Economia

Pur essendo uno stato di tradizioni agricole, la Bulgaria è entrata, nel 1970, tra i Paesi industrializzati.
Attualmente quasi i tre quarti delle esportazioni sono costituiti da prodotti industriali. Dopo l'instaurazione del regime comunista l'agricoltura fu organizzata su basi cooperativistiche o statali, la nascente industria fu nazionalizzata e avviata, dal 1947, nel quadro dei piani quinquennali.
L'URSS sostenne finanziariamente la prima fase dell'industrializzazione, che venne inizialmente orientata verso la creazione di un'industria di base.
Successivamente iniziò lo sviluppo dell'industria leggera e di trasformazione e, più di recente, si sono affiancati con successo settori tecnologicamente avanzati.

▼ OCCUPATI PER SETTORE

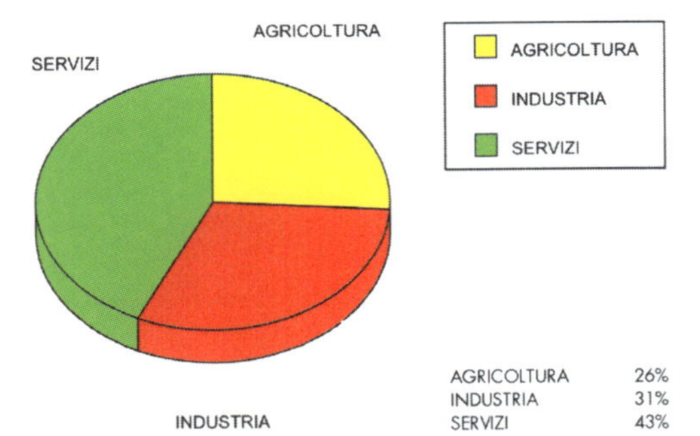

SOFIA

Sofia è il massimo centro culturale, finanziario ed economico del Paese: ospita infatti la più antica Università della Bulgaria, l'Accademia delle Scienze, la Biblioteca Nazionale e diverse scuole superiori.

Veduta della città di Varna.

Slovenia

Superficie: 20.528 km².

Abitanti: 1.955.000

Densità: 97 abitanti per km².

Capitale: Lubiana.

Moneta: Euro.

LUBIANA

Situata all'incrocio di importanti direttrici di traffico stradale e ferroviario, è un vivace centro commerciale e industriale. La città è sede dell'Università, di un'Accademia delle Scienze e di numerosi musei, biblioteche e istituti superiori.

SLOVENIA

Territorio

La Slovenia è prevalentemente montuosa; i rilievi sono orientati secondo due allineamenti principali: a nord, si estendono in direzione ovest-est le Caravanche, le Alpi di Kamnik e il Pohorje; a ovest si allungano verso sud-est a partire dal monte Tricorno, i rilievi delle Alpi Giulie, che continuano nelle Dinaridi.

Economia

Le risorse agricole sono rappresentate dalla coltura di cereali, patate, frutta, ortaggi, barbabietole da zucchero, vite.
L'allevamento riguarda bovini, suini e volatili.
L'industria opera nei settori siderurgico, metallurgico, meccanico, elettrotecnico, tessile, chimico, del legno, della carta, del cemento e alimentare.

CROAZIA

Territorio

La Croazia continentale comprende a est l'estremo lembo del bassopiano pannonico tra la Drava e la Sava, mentre a ovest si innalzano i rilievi calcarei delle Dinaridi.
La Croazia adriatica comprende la Penisola Istriana, quasi tutta la Dalmazia, e una continua cortina di isole lungo tutto il litorale.

Economia

Largamente praticata è l'agricoltura, i cui principali prodotti sono cereali, patate, barbabietole, ortaggi, frutta, uva e olive.
Diffuso l'allevamento del bestiame.
Prima delle distruzioni e della guerra contro la Iugoslavia, conclusasi nel 1999, la Croazia era la repubblica iugoslava più industrializzata. Oggi molti settori sono tornati competitivi.

Lubiana, città slovena poco distante dal confine con Trieste.

ZAGABRIA

Zagabria è situata alla convergenza di importanti linee stradali e ferroviarie ed è sede di un'Università, fondata nel 1669, dell'Accademia delle scienze e delle arti, di teatri, biblioteche, musei.

Croazia

Superficie: 56.610 km².

Abitanti: 4.774.000

Densità: 84 abitanti per km².

Capitale: Zagabria.

Moneta: Kuna.

Serbia

Superficie: 102.173 km².

Abitanti: 10.632.000

Densità: 104 abitanti per km².

Capitale: Belgrado.

Moneta: Dinaro jugoslavo.

Montenegro

Superficie: 13.800 km².

Abitanti: 650.000

Densità: 47 abitanti per km².

Capitale: Podgorica.

Moneta: Euro.

BELGRADO

La città di Belgrado, una volta capitale di sei repubbliche, è ora capitale della Serbia-Montenegro. Da vedere è la Cittadella Kalemegdan, alla confluenza di Danubio e Sava. La fortezza, costruita nel XVII secolo sui resti di antichi insediamenti celtici e romani, è passata di mano dall'esercito austriaco a quello ottomano, la cui espansione ha determinato il destino di questa regione.

BOSNIA ERZEGOVINA

Territorio

Delimitato dai confini naturali dei fiumi Sava e Una a nord, dalla Drina a est, dall'Altopiano carsico del Montenegro a sud e dalle Alpi Dinariche a ovest, il territorio è in buona parte montuoso.

Economia

L'attività agricola è modesta. Più importanti l'allevamento e lo sfruttamento delle foreste. Le industrie sono siderurgiche e metallurgiche.

SERBIA

Territorio

Il territorio della Serbia è pianeggiante nella parte settentrionale e montuoso in quella meridionale.

Economia

Paese di carattere essenzialmente agricolo, ma dotato di importanti risorse minerarie, fin dagli anni di governo del regime comunista di Tito, la Iugoslavia ha registrato progressi nell'ambito economico e sociale.

MONTENEGRO

Territorio

Piccolo stato con sbocco sul mare importante per il commercio internazionale.

Economia

Nel 2006 Montenegro con un referendum popolare è divenuto una repubblica indipendente e aspira a entrare nella UE.

SARAJEVO

A causa della sanguinosa guerra civile che ha coinvolto la Bosnia nel triennio 1992-95, la città ha subito gravissimi danni al patrimonio artistico e abitativo e numerose perdite umane, il suo sistema produttivo inoltre è stato parzialmente distrutto.

Bosnia Erzegovina

Superficie: 51.129 km².

Abitanti: 3.124.000

Densità: 61 abitanti per km².

Capitale: Sarajevo.

Moneta: Dinaro bosniaco.

Macedonia

Superficie: 25.713 km^2.
Abitanti: 1.984.000
Densità: 77 abitanti per km^2.
Capitale: Skopje.
Moneta: Denar.

SKOPJE

Centro culturale di notevole interesse, con un'università e vari istituti superiori, musei e biblioteche, è anche un vivace mercato di prodotti agricoli e zootecnici e un centro industriale.

MACEDONIA

Territorio

Il territorio, prevalentemente montuoso, si abbassa al centro nella valle del fiume Vardar, che lo attraversa in direzione del Mar Egeo e a sud-ovest ingloba i settori settentrionali dei laghi di Ocrida e Prespa.

Economia

L'agricoltura produce soprattutto cereali, tabacco, patate, cotone, pomodori, mele, uva e tabacco.
Le industrie operano soprattutto nei settori siderurgico, metallurgico, meccanico e chimico.

ALBANIA

Territorio

Il Paese è per buona parte montuoso e occupa l'ampio e complesso versante del sistema dinarico che si affaccia al Mare Adriatico in corrispondenza del Canale d'Otranto.

Economia

Lo sfruttamento delle riserve petrolifere presenti è ostacolato dall'uso di attrezzature industriali arretrate, dall'insufficiente produttività del lavoro e dal ritardo nella modernizzazione dell'agricoltura: ciò a causa, soprattutto, di problemi politici.

Tirana, monumento dell'eroe nazionale Skanderberg.

TIRANA

Il capoluogo dell'Albania è il principale centro amministrativo e finanziario del Paese e sede di industrie. Tirana ospita un'università, numerosi istituti superiori e di ricerca, musei e altre istituzioni culturali ed educative. Conserva inoltre la Moschea di Ethem Bey, del secolo XVII, uno dei pochi monumenti del suo passato. Rimase un centro modesto sino al 1913 quando, riconosciuta l'indipendenza albanese, vi si trasferirono le sedi diplomatiche straniere.

Albania

Superficie: 28.748 km^2.
Abitanti: 3.293.000
Densità: 114 abitanti per km^2.
Capitale: Tirana.
Moneta: Lek.

Grecia

Superficie: 131.957 km^2.
Abitanti: 10.541.000
Densità: 80 abitanti per km^2.
Capitale: Atene.
Moneta: Euro.

Malta

Superficie: 315,6 km^2.
Abitanti: 375.000
Densità: 1.188 abitanti per km^2.
Capitale: Valletta.
Moneta: Sterlina maltese.

GRECIA

Territorio

La Grecia confina a nord con la Repubblica di Macedonia e la Bulgaria, a nord-ovest con l'Albania, a nord-est con la Turchia, ed è bagnata dal mar Ionio, dal Mediterraneo e dall'Egeo. Il territorio è prevalentemente montuoso.

Economia

Un importante ruolo hanno i settori chimico, tessile, elettromeccanico, metallurgico e siderurgico.
Permangono però gravi problemi quali la necessità d'importare tutti i rifornimenti energetici, i macchinari di base, la tecnologia avanzata e buona parte dei mezzi di trasporto.
L'area che gravita su Atene sta inoltre diventando sempre più congestionata.

MALTA

L'arcipelago è situato nel settore centro-meridionale del Mar Mediterraneo, fra la costa siciliana e quella tunisina. Il territorio è costituito da un arido altopiano povero d'acqua. L'economia dello Stato poggia quasi esclusivamente sulle attività legate al porto della capitale.

ATENE

Atene è una città millenaria e per questo è un centro turistico assai importante. Domina singolarmente la città l'Acropoli, l'antico centro greco fatto costruire nel V secolo a.C. da Pericle, con il Partenone, l'Eretteo, i Propilei e vari templi. Ad Atene sorgono il palazzo del governo, l'università, il Grande e il Piccolo Tempio Metropolitano, l'Accademia delle Scienze, il Politecnico, il Museo Nazionale.

Lituania

Superficie: 65.300 km².
Abitanti: 3.706.000
Densità: 57 abitanti per km².
Capitale: Vilnius.
Moneta: Lita.

Estonia

Superficie: 45.227 km².
Abitanti: 1.463.000
Densità: 32 abitanti per km².
Capitale: Tallinn.
Moneta: Corona estone.

Lettonia

Superficie: 64.610 km².
Abitanti: 2.472.000
Densità: 38 abitanti per km².
Capitale: Riga.
Moneta: Lat.

LITUANIA

Territorio

Il territorio, in buona parte pianeggiante, è occupato da ripiani e ondulazioni.

L'idrografia è rappresentata dal corso del Nemunas e dei suoi principali affluenti.

Economia

Paese esclusivamente agricolo, la Lituania si è notevolmente industrializzata dopo la seconda guerra mondiale. Importante per lo sviluppo economico è lo sbocco sul mare con il porto di Klaipéda.

ESTONIA

Territorio

Il Paese ha una morfologia prevalentemente pianeggiante, con una serie di rilievi collinari. Le coste, molto frastagliate, presentano numerose isole.

Economia

L'agricoltura e l'allevamento costituiscono la principale attività del settore primario.
Le industrie sono elettromeccaniche, chimiche, tessili, alimentari e del cuoio.

LETTONIA

Territorio

Il territorio della Lettonia è in buona parte pianeggiante.

Economia

Le principali colture sono cereali, patate, barbabietole da zucchero e ortaggi.
Importante l'industria meccanica.

RIGA

Dotata di aeroporto, è centro culturale di notevole importanza, con un'università, numerosi istituti di livello universitario, un conservatorio e un'accademia delle scienze.

Bielorussia

Superficie: 207.600 km^2.
Abitanti: 10.369.000
Densità: 50 abitanti per km^2.
Capitale: Minsk.
Moneta: Rublo bielorusso.

Moldavia

Superficie: 33.700 km^2.
Abitanti: 4.362.000
Densità: 129 abitanti per km^2.
Capitale: Chisinau.
Moneta: Leu moldavo.

Ucraina

Superficie: 603.700 km^2.
Abitanti: 50.895.500
Densità: 84 abitanti per km^2.
Capitale: Kijev.
Moneta: Hrivna.

BIELORUSSIA

Occupa una vasta pianura che nella parte meridionale è paludosa in molte aree, mentre verso nord è appena ondulata.
L'agricoltura è una delle principali risorse economiche insieme allo sfruttamento delle foreste.
L'industria è attiva nei settori estrattivo, meccanico, elettrotecnico, chimico, petrolchimico, alimentare, della gomma e del legno.

MOLDAVIA

Il territorio è occupato dal tavolato del settore sud-occidentale del Bassopiano Sarmatico.
Le industrie sono concentrate nella capitale.
Molto importante è l'agricoltura.

UCRAINA

Territorio

Il territorio comprende un vasto lembo del Bassopiano Sarmatico, solo alla periferia si elevano i monti. Le coste sono basse e caratterizzate dalla formazione di lagune nelle quali sfociano i fiumi della regione.

Economia

L'agricoltura è una risorsa fondamentale del Paese e produce frumento, orzo, avena, mais, patate, barbabietole da zucchero, girasole, lino, tabacco, ortaggi.
L'industria è sviluppata nei settori siderurgico, metallurgico, meccanico, chimico, elettronico, cantieristico, dell'abbigliamento, delle calzature, tessile e della carta.

KIEV

Fondata nel V secolo, Kiev è la Madre dell'Ucraina, della Russia e della Bielorussia. La Città Vecchia si concentra intorno all'estremità nordorientale e annovera parte dei monumenti storici di Kiev. L'edificio più importante è la Cattedrale di Santa Sofia, dell'XI secolo.

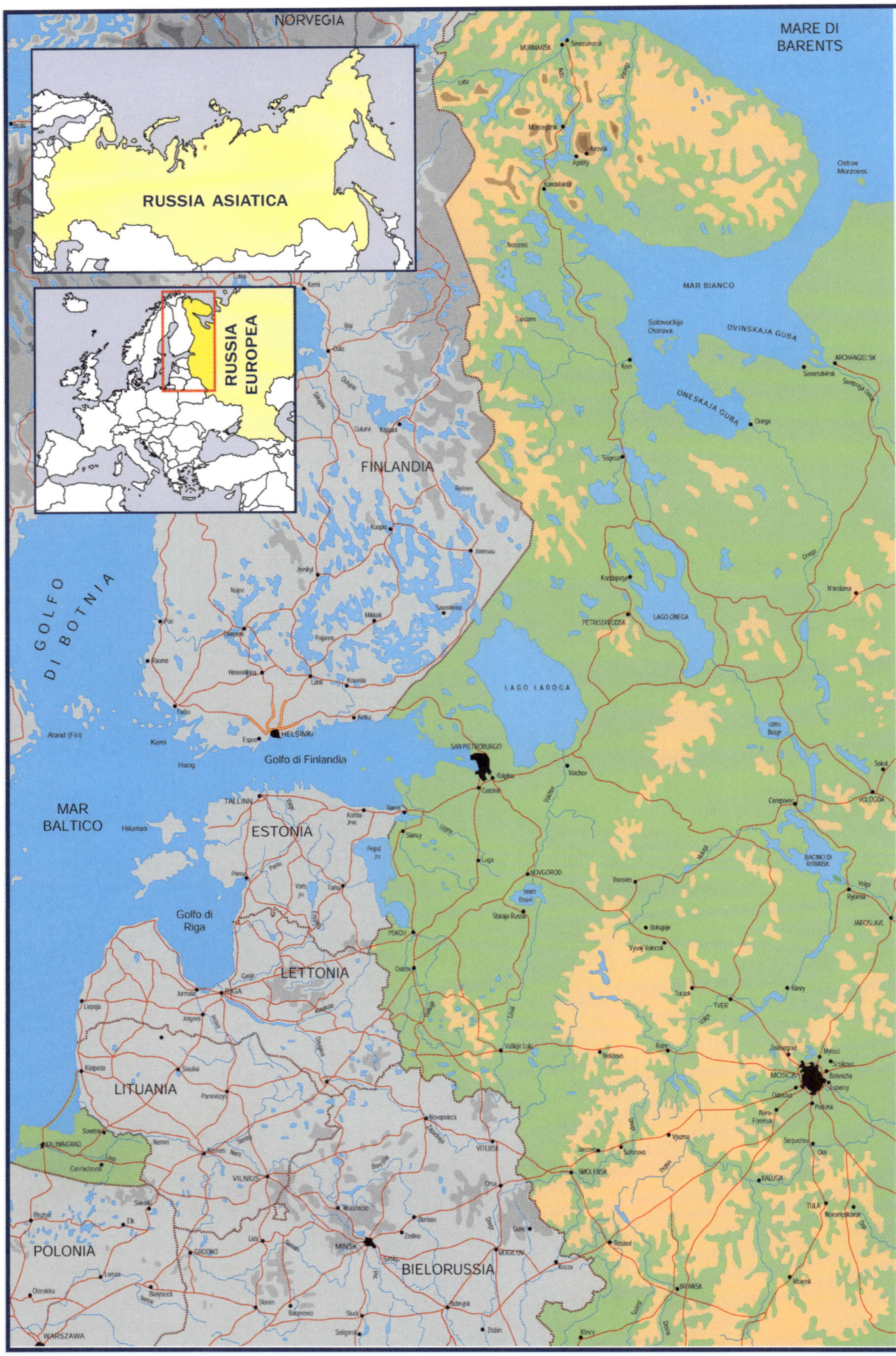

Russia

Superficie: 17.075.400 km².
Abitanti: 147.553.000
Densità: 9 abitanti per km².
Capitale: Mosca.
Moneta: Rublo.

Mosca, cattedrale del Cremlino.

Mosca, cattedrale di San Basilio.

RUSSIA

Territorio

Il territorio russo è talmente vasto che viene di solito diviso in varie sezioni. La parte europea si estende nell'Europa orientale sino agli Urali ed è sostanzialmente formata da un'unica grande pianura (Pianura Russa o Sarmatica) che è la continuazione di quella polacco-germanica. La regione asiatica si estende per circa

Mosca, Museo Storico.

12,8 milioni di km e costituisce la maggior porzione territoriale della Russia.
Essa corrisponde alle terre che si estendono a est degli Urali sino all'Oceano Pacifico e latitudinalmente dal Mar Glaciale Artico agli allineamenti montuosi che orlano gli altopiani della Mongolia e la Manciuria.
Quest'ultima regione viene divisa a sua volta in Siberia Occidentale o Bassopiano Siberiano Occidentale, nell'Altopiano della Siberia Centrale e nell'Estremo Oriente Russo.

Economia

Le coltivazioni più diffuse sono quelle cerealicole: frumento, orzo, mais, segale e avena.
Più redditizie sono le coltivazioni industriali: barbabietola da zucchero e piante oleose.
Notevole è la produzione delle patate, di alcuni ortaggi e del lino, mentre le colture di frutta e vite sono praticate solo dove lo consentono le condizioni climatiche.
Il Paese possiede il più vasto patrimonio forestale del mondo.
Il patrimonio zootecnico è formato da un grande numero di bovini, suini, ovini e caprini, oltre che di volatili da cortile, equini, cammelli, renne.

SIBERIA

Regione della Russia, corrispondente alla maggior parte della parte asiatica del Paese. Il clima presenta una grande uniformità, dovuta soprattutto alla posizione continentale della regione, scarsamente influenzata dal mare. Le temperature diminuiscono procedendo da sud verso nord, le estati sono fresche e gli inverni rigidissimi. La regione è per lo più arida.

▼ OCCUPATI PER SETTORE

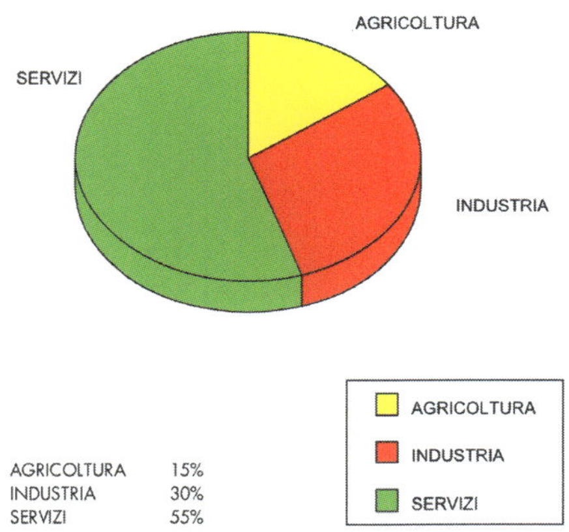

Molto redditizia è la pesca, sia marittima sia lacustre sia fluviale.
L'attività industriale è sviluppata soprattutto nei settori siderurgico e in quello minerario.
La Russia figura tra i maggiori produttori mondiali di ghisa, ferroleghe e acciaio.
Tra le fonti energetiche, oltre al carbone e alla lignite, un'importanza sempre maggiore ha assunto il petrolio, che viene estratto soprattutto dai giacimenti della Siberia occidentale.
Nelle stesse aree è sfruttato anche il gas naturale, le cui disponibilità sono ingenti.
La rete degli oleodotti e dei metanodotti è sempre più fitta, e cospicua è la quantità di petrolio e gas naturale esportata.

MOSCA

La città è stata, fino alla dissoluzione dell'URSS, il più importante centro industriale del Paese, sede di numerosi stabilimenti. Ora è soprattutto un centro politico, amministrativo e culturale, con due università (Lomonosov e Lumumba), l'Accademia delle Scienze, istituti superiori, biblioteche e numerosi musei, meta frequente di turisti e di visitatori.

▼ LE ALTRE CITTÀ

SAN PIETROBURGO presenta quartieri industriali e residenziali che si estendono ad anello intorno al nucleo monumentale del palazzo dell'Ammiragliato, del palazzo d'Inverno, della cattedrale e della fortezza dei SS. Pietro e Paolo.

Il fiume Volga.

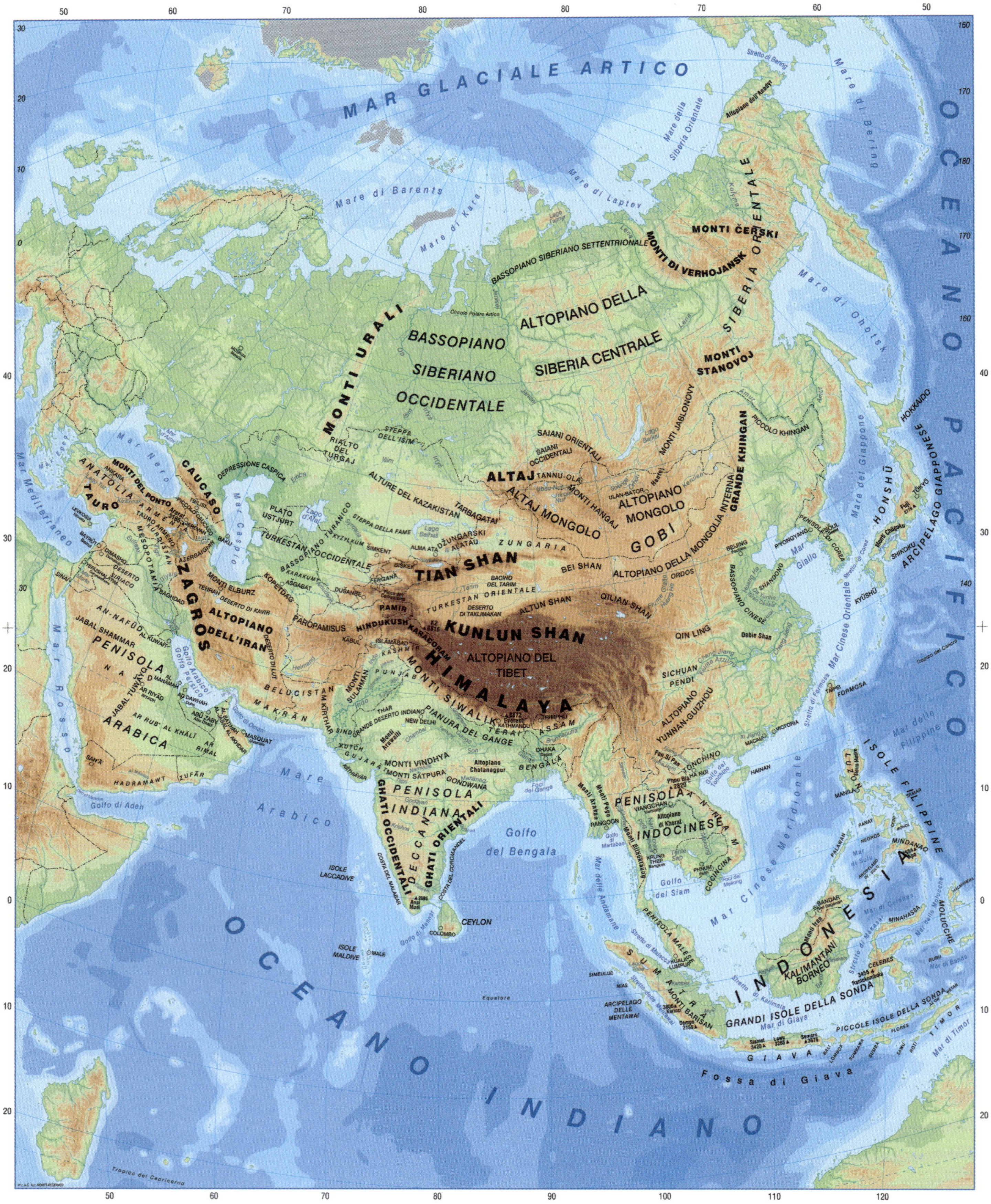

ASIA FISICA

Depress. 0 200 500 1000 2000 3000 4000 5000 6000 > 6000 m.

0 200 1000 3000 5000 6000 > 6000 m.

0 200 400 600 800 1.000 1.500 2.000 km

- Capitale
- Confine di Stato
- Canale
- Fiume
- Lago
- ▲ Monte

ASIA POLITICA

- Città con oltre 5.000.000 di abitanti
- Città da 1.000.000 a 5.000.000 di abitanti
- Città da 500.000 a 1.000.000 di abitanti
- Città da 250.000 a 500.000 di abitanti
- Città da 100.000 a 250.000 di abitanti
- Città con meno di 100.000 abitanti
- MOSKVA / Kathmandu — Capitali

0 200 400 600 800 1.000 1.500 2.000 km

- Confine di Stato
- Canale

Afghanistan

Superficie: 652.225 km^2.
Abitanti: 21.138.000
Densità: 33 abitanti per km^2.
Capitale: Kabul.
Moneta: Afgani.

Arabia Saudita

Superficie: 2.802.000 km^2.
Abitanti: 19.071.000
Densità: 8 abitanti per km^2.
Capitale: Riyadh.
Moneta: Riyal.

La costa occidentale del territorio Saudita è caratterizzata da rilievi che scendono verso il Mar Rosso con una ripida scarpata, mentre verso l'interno si distendono a formare vasti e ampi tavolati. Climaticamente l'Arabia Saudita è molto arida, con temperature assai elevate. Le escursioni termiche sono sensibili nell'interno e lungo le coste presentano un'elevata umidità. L'espansione delle città è piuttosto recente, benché un urbanesimo sviluppatosi in funzione religiosa, si sia affermato da tempo nel Paese: La Mecca e Medina sono in tal senso le due più tipiche e antiche città dell'Islam.

Mecca, città santa culla dell'Islamismo.

Armenia

Superficie: 29.743 km^2.
Abitanti: 3.772.000
Densità: 127 abitanti per km^2.
Capitale: Erevan.
Moneta: Dram.

Azerbaigian

Superficie: 86.600 km^2.
Abitanti: 7.618.000
Densità: 88 abitanti per km^2.
Capitale: Baku.
Moneta: Manat.

Bahrein

Superficie: 678 km^2.
Abitanti: 610.000
Densità: 914 abitanti per km^2.
Capitale: Manama.
Moneta: Dinar di Bahrein.

Bangladesh

Superficie: 147.570 km^2.
Abitanti: 125.330.000
Densità: 849 abitanti per km^2.
Capitale: Dacca.
Moneta: Taka.

Buthan

Superficie: 47.000 km^2.
Abitanti: 870.000
Densità: 18 abitanti per km^2.
Capitale: Thimphu.
Moneta: Ngultrum.

Brunei

Superficie: 5.765 km^2.
Abitanti: 307.000
Densità: 53 abitanti per km^2.
Capitale: Bandar Seri Begawan.
Moneta: Dollaro di Brunei.

Cambogia

Superficie: 181.035 km^2.
Abitanti: 10.385.000
Densità: 57 abitanti per km^2.
Capitale: Phnom Penh.
Moneta: Riel.

Cina

Superficie: 9.537.590 km^2.
Abitanti: 1.230.193.000
Densità: 129 abitanti per km^2.
Capitale: Pechino.
Moneta: Yuan renminbi.

La Cina si estende dalle coste dell'oceano Pacifico, a est, sino al massiccio del Pamir, a ovest; a nord si spinge sino al corso dell'Amur, mentre a sud sfiora i 20° nord. Fattori umani e fisici consentono di ripartire il Paese in due ambiti territoriali separati da una linea diagonale che, passando a sud della Mongolia Interna, dai monti del Grande Khingan si spinge a sud-ovest sino ai rilievi dello Yunnan: da un lato troviamo la Cina orientale o esterna, dall'altro troviamo invece la Cina occidentale o interna. Con la grande entità di potenziale umano e di risorse sia agricole sia minerarie, la Cina ha svolto un ruolo abbastanza modesto sulla scena economica internazionale, ma il suo peso sta cominciando a crescere vistosamente.

Cipro

Superficie: 9.251 km^2.
Abitanti: 870.000
Densità: 83 abitanti per km^2.
Capitale: Nicosia.
Moneta: Sterlina cipriota.

Corea del Nord

Superficie: 122.762 km^2.
Abitanti: 24.318.000
Densità: 198 abitanti per km^2.
Capitale: Pyeongyang.
Moneta: Won nordcoreano.

Corea del Sud

Superficie: 99.268 km^2.
Abitanti: 45.627.000
Densità: 460 abitanti per km^2.
Capitale: Seoul.
Moneta: Won sudcoreano.

Hong Kong: dimensioni ridotte per una città dal carattere multietnico.

Emirati Arabi Uniti

Superficie: 83.600 km^2.
Abitanti: 2.580.000
Densità: 31 abitanti per km^2.
Capitale: Abu Dhabi.
Moneta: Dirham.

Il territorio si affaccia a nord sul Golfo Persico e a nord est sul Golfo di Oman, per circa 80 km; verso l'interno si estende senza precisi confini verso il deserto di Rub al Khali. La maggior parte della popolazione è formata da Arabi che svolgono attività agricole nelle oasi. La popolazione che vive sulle coste è dedita alla pesca. L'economia è basata essenzialmente sul petrolio.

Filippine

Superficie: 300.076 km^2.
Abitanti: 71.538.000
Densità: 238 abitanti per km^2.
Capitale: Manila.
Moneta: Peso filippino.

Georgia

Superficie: 69.493 km^2.
Abitanti: 5.378.000
Densità: 77 abitanti per km^2.
Capitale: Tbilisi.
Moneta: Lari.

Giappone

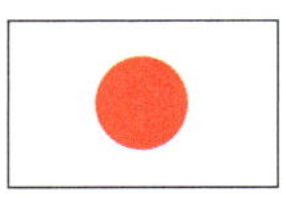

Superficie: 372.824 km^2.
Abitanti: 126.110.000
Densità: 338 abitanti per km^2.
Capitale: Tokyo.
Moneta: Yen.

Il suo territorio corrisponde al grande arco insulare che è di fronte all'Asia sul lato dell'oceano Pacifico; due spazi marittimi, il Mar Cinese Orientale e il Mar del Giappone, lo separano dalle coste continentali della Cina, della Corea e della Russia asiatica. Nell'ambito dell'Asia il Giappone è il

Statua di Buddha.

Paese economicamente più progredito del continente, il secondo nel mondo dopo gli Stati Uniti per quanto riguarda la produzione industriale. L'agricoltura, che interessa solo l'11,5% della superficie nazionale, non ha conseguito sensibili progressi né ha compiuto trasformazioni di rilievo nelle tecniche produttive. Settore fondamentale dell'economia giapponese è la pesca che occupa un rilevante numero di addetti.

Giordania

Superficie: 88.946 km^2.
Abitanti: 7.52.000
Densità: 51 abitanti per km^2.
Capitale: Amman.
Moneta: Dinar giordano.

India

Superficie: 3.287.263 km^2.
Abitanti: 967.61.000
Densità: 294 abitanti per km^2.
Capitale: Nuova Delhi.
Moneta: Rupia indiana.

L'India è sempre stata ed è ancora un Paese di villaggi. Il villaggio indiano, fondato sull'economia agricola e sull'artigianato, autosufficiente almeno alle origini, è una derivazione spontanea della sedentarietà ed è rimasto pressoché immutato nei millenni. Pochi Paesi hanno una realtà economica e sociale complessa come quella dell'India: pur risultando tra gli stati più industrializzati del mondo il prodotto lordo pro capite la fa collocare a un livello medio tra le nazioni del Terzo Mondo. La maggior parte dei contadini è sottoccupata o stenta a vivere sui piccoli appezzamenti di proprietà.

Thai Mahal, *nella città di Agra in India.*

Indonesia

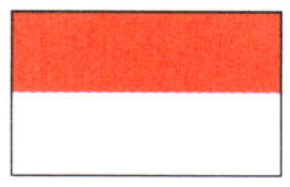

Superficie: 1.919.317 km^2.
Abitanti: 199.543.000
Densità: 104 abitanti per km^2.
Capitale: Giacarta.
Moneta: Rupia indonesiana.

Si tratta di uno stato dell'Asia sudorientale composto da circa 3.000 isole che nel loro complesso costituiscono il più vasto arcipelago del mondo, che si estende per quasi 5.000 km da ovest a est tra gli oceani Indiano e Pacifico, dal Mar delle Andamane a nord, al Mar degli Arafura e al Mar di Timor a sud-est.

Iran

Superficie: 1.645.258 km^2.
Abitanti: 62.304.000
Densità: 38 abitanti per km^2.
Capitale: Teheran.
Moneta: Rial.

Iraq

Superficie: 434.128 km^2.
Abitanti: 22.219.000
Densità: 51 abitanti per km^2.
Capitale: Baghdad.
Moneta: Dinar iracheno.

L'Iraq corrisponde alla Mesopotamia, la pianura bagnata dal Tigri e dall'Eufrate. È stato lo scenario di civiltà che si possono considerare tra le più antiche e importanti della storia umana. L'Iraq è ancora oggi un paese di importanza fondamentale nell'area medio-orientale per la presenza nel suo territorio di grandi quantità di petrolio e, disgraziatamente, teatro di aspri e sanguinosi conflitti.

Israele

Superficie: 20.700 km^2.
Abitanti: 5.653.000
Densità: 273 abitanti per km^2.
Capitale: Gerusalemme.
Moneta: Shekel.

Sin dalla sua nascita, nel 1948, Israele si è battuto contro i Paesi confinanti per la sua sopravvivenza, ma fu grazie all'esito favorevole del secondo conflitto mondiale che lo vide opporsi alle forze arabe e palestinesi, che Israele riuscì ad assicurarsi un territorio più vasto di quello a esso attribuito dalle Nazioni Unite. I Paesi arabi non riconobbero i confini dello Stato, così come non accettarono gli ampliamenti avvenuti in seguito. Peraltro, al di là di più o meno stabili conquiste territoriali, il duraturo inserimento dello Stato d'Israele – caratterizzato da una matrice ideologica tipicamente occidentale – in un ambiente etnico e culturale interamente arabo, presuppone l'instaurazione di nuovi e vicendevoli rapporti economici.

La Moschea di Gerusalemme.

Kazakistan

Superficie: 2.724.900 km^2.
Abitanti: 16.555.000
Densità: 6 abitanti per km^2.
Capitale: Astana.
Moneta: Tenge.

Kirghizistan

Superficie: 198.500 km^2.
Abitanti: 4.594.000
Densità: 23 abitanti per km^2.
Capitale: Biškek.78
Moneta: Som.

Kuwait

Superficie: 17.818 km^2.
Abitanti: 1.809.270
Densità: 102 abitanti per km^2.
Capitale: Al-Kuwait.
Moneta: Dinar kuwaitiano.

Laos

Superficie: 236.800 km^2.
Abitanti: 5.117.000
Densità: 22 abitanti per km^2.
Capitale: Vientiane.
Moneta: Nuovo Kip.

Libano

Superficie: 10.400 km^2.
Abitanti: 3.112.000
Densità: 299 abitanti per km^2.
Capitale: Beirut.
Moneta: Lira libanese.

Malaysia

Superficie: 329.733 km^2.
Abitanti: 21.767.000

I templi dorati di Myanmar.

Densità: 66 abitanti per km^2.
Capitale: Kuala Lumpur.
Moneta: Dollaro della Malaysia.

La Malaysia è formata da rilievi isolati e da pianure costiere di origine alluvionale. Fin dall'antichità questa posizione geografica ha favorito gli scambi commerciali e culturali, ma ha suscitato desideri di conquista che ne hanno caratterizzato la storia politica. L'attuale stato non è infatti che una creazione artificiale strettamente legata all'influsso esercitato a lungo, dalla fine del secolo XVIII, dalla presenza coloniale britannica; il ritiro della Gran Bretagna portò dapprima alla formazione di una Federazione della Malesia (1957), quindi alla nascita della Grande Malesia o Malaysia (1963) con l'ingresso degli Stati del Sabah e del Sarawak, già territori del Borneo britannico, e di Singapore (poi ritiratosi); dal 1966 la Federazione è divisa in due sezioni, la Malaysia Peninsulare o Malesia, continentale, e la Malaysia Orientale, insulare.

Maldive

Superficie: 298 km^2.
Abitanti: 266.000
Densità: 896 abitanti per km^2.
Capitale: Male.
Moneta: Rupia maldiviana.

Mongolia

Superficie: 1.566.500 km^2.
Abitanti: 2.357.000
Densità: 1 abitante per km^2.
Capitale: Ulan-Bator.
Moneta: Tughrik.

Myanmar

Superficie: 676.577 km^2.
Abitanti: 46.823.000
Densità: 69 abitanti per km^2.
Capitale: Yangon.
Moneta: Kyat.

Nepal

Superficie: 147.181 km^2.
Abitanti: 21.423.000
Densità: 146 abitanti per km^2.
Capitale: Kathmandu.
Moneta: Rupia nepalese.

Separato per secoli da ogni contatto con l'estero, reso ancor più inaccessibile da una morfologia estremamente impervia, il Nepal presenta un forte sottosviluppo. La rete delle vie di comunicazione è del tutto insufficiente, così come assolutamente inadeguati alle esigenze moderne sono i mezzi di trasporto, che su buona parte del territorio sono tuttora rappresentati dagli animali da soma e anche dagli uomini. La Costituzione del 1962 prevede l'educazione gratuita e obbligatoria, anche se non viene sempre rispettata. Vi sono tre tipi di scuole: di lingua sanscrita, di tipo inglese e di insegnamento di base.

Oman

Superficie: 309.500 km^2.
Abitanti: 2.265.000
Densità: 7 abitanti per km^2.
Capitale: Masqat.
Moneta: Rial omani.

Pakistan

Superficie: 796.095 km^2.
Abitanti: 136.183.000
Densità: 171 abitanti per km^2.
Capitale: Islamabad.
Moneta: Rupia pakistana.

Il territorio del Pakistan occupa, nella parte nord-occidentale della regione indiana, buona parte della valle dell'Indo, depressione d'origine tettonica simile a quella gangetica. Paese principalmente agricolo, stretto nella morsa di povertà e sottosviluppo propria di tutto il cosiddetto "subcontinente indiano", il Pakistan è stato anche fortemente coinvolto in una complicata serie di vicende politiche, le quali hanno inciso in modo determinante sulle possibilità e gli orientamenti generali dell'economia della nazione.

Qatar

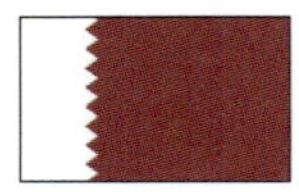

Superficie: 11.437 km^2.
Abitanti: 561.000
Densità: 49 abitanti per km^2.
Capitale: Doha.
Moneta: Riyal.

Singapore

Superficie: 646,1 km^2.
Abitanti: 3.104.000
Densità: 4.804 abitanti per km^2.
Capitale: Singapore.
Moneta: Dollaro di Singapore.

Siria

Superficie: 185.180 km^2.
Abitanti: 15.009.000
Densità: 81 abitanti per km^2.
Capitale: Damasco.
Moneta: Sterlina siriana.

Damasco, architettura islamica.

La Siria è il Paese di lingua araba che più d'ogni altro ha mantenuto le tracce del mondo pre-islamico. Essa infatti ha conosciuto tutte le esperienze culturali che hanno preceduto l'affermazione araba: da quelle delle civiltà semitiche, incentrate nella Mesopotamia (alla civiltà assirica rimanda, con un legame di tre millenni, il nome attuale), alle successive culture indotte dalle civiltà mediterranee: fenicia, greca, romana. L'affermazione araba non ha cancellato i valori preesistenti ma li ha assimilati o mantenuti.

Sri Lanka

Superficie: 65.610 km².
Abitanti: 18.663.000
Densità: 284 abitanti per km².
Capitale: Colombo.
Moneta: Rupia di Sri Lanka.

Tagikistan

Superficie: 143.100 km².
Abitanti: 6.054.000
Densità: 42 abitanti per km².
Capitale: Dusanbe.
Moneta: Rublo tagico.

Taiwan

Superficie: 36.179 km².
Abitanti: 21.617.000
Densità: 597 abitanti per km².
Capitale: Taipei.
Moneta: Nuovo dollaro di Taiwan.

Il Taiwan mantiene un posto marginale rispetto al corpo della Cina. Territorio di antichi popoli malesi, base poi dell'espansionismo europeo nell'Estremo Oriente, successivamente terra di conquista giapponese, a partire dal 1949, Taiwan è diventata la sede del Kuomintang, il partito nazionalista, e dei Cinesi che non accettarono il regime della Cina Popolare, borghesi e rappresentanti del ceto capitalista formatosi in Cina con la penetrazione commerciale occidentale.

Thailandia

Superficie: 513.115 km².
Abitanti: 60.601.000
Densità: 108 abitanti per km².
Capitale: Bangkok.
Moneta: Baht thailandese.

La Thailandia occupa la parte centrale, relativamente poco elevata, della penisola indocinese; essa si estende da nord a sud per circa 1.700 km, con una larghezza massima di 800 km. Il territorio in buona parte corrisponde a una vasta area depressionaria, invasa nell'era cenozoica dalle acque del golfo del Siam e in seguito colmata dai depositi fluviali recenti, lasciati dal Menam e dai suoi tributari.

Turchia

Superficie: 91.835 km².
Abitanti: 9.952.384
Densità: 108 abitanti per km².
Capitale: Ankara.
Moneta: Lira turca.

Affacciata a nord al Mar Nero, a Sud-ovest al Mediterraneo, a ovest al Mar Egeo, la Turchia asiatica confina a est con la Repubblica di Armenia, a nord-est con la Georgia e l'Iran, con l'Iraq e la Siria a sud-est; la Turchia europea confina a ovest con la Grecia, a nord con la Bulgaria. Nata come repubblica nel 1923 dallo sfaldamento dell'Impero ottomano sotto l'impulso delle forze nazionaliste guidate da Kema'l Atatürk, la Turchia possiede oggi un'unità politica molto marcata e desidera entrare a far parte dell'Unione Europea.

Didime, in Turchia, tempio di Apollo.

Turkmenistan

Superficie: 91.835 km².
Abitanti: 9.952.156
Densità: 108 abitanti per km².
Capitale: Ashabad.
Moneta: Manat turkmeno.

Uzbekistan

Superficie: 91.835 km².
Abitanti: 9.952.156
Densità: 118 abitanti per km².
Capitale: Taškent.
Moneta: Baht.

Vietnam

Superficie: 331.040 km².
Abitanti: 75.123.000
Densità: 227 abitanti per km².
Capitale: Hanoi.
Moneta: Dong.

Vietnam, Baia di Halong.

Situato lungo il lato orientale della Penisola Indocinese il Vietnam è delimitato nella parte orientale dal golfo del Tonchino e dal Mar Cinese Meridionale. La sua posizione, ovvero il fatto di essere una fascia costiera di notevole valenza strategico-militare nell'ambito del confronto tra gli interessi occidentali - prima francesi e poi statunitensi - rispetto a quelli del blocco russo-cinese, ne ha condizionato la storia e, in senso negativo, le possibilità di sviluppo.

Yemen

Superficie: 527.968 km².
Abitanti: 16.495.000
Densità: 31 abitanti per km².
Capitale: San' a.
Moneta: Riyal yemenita.

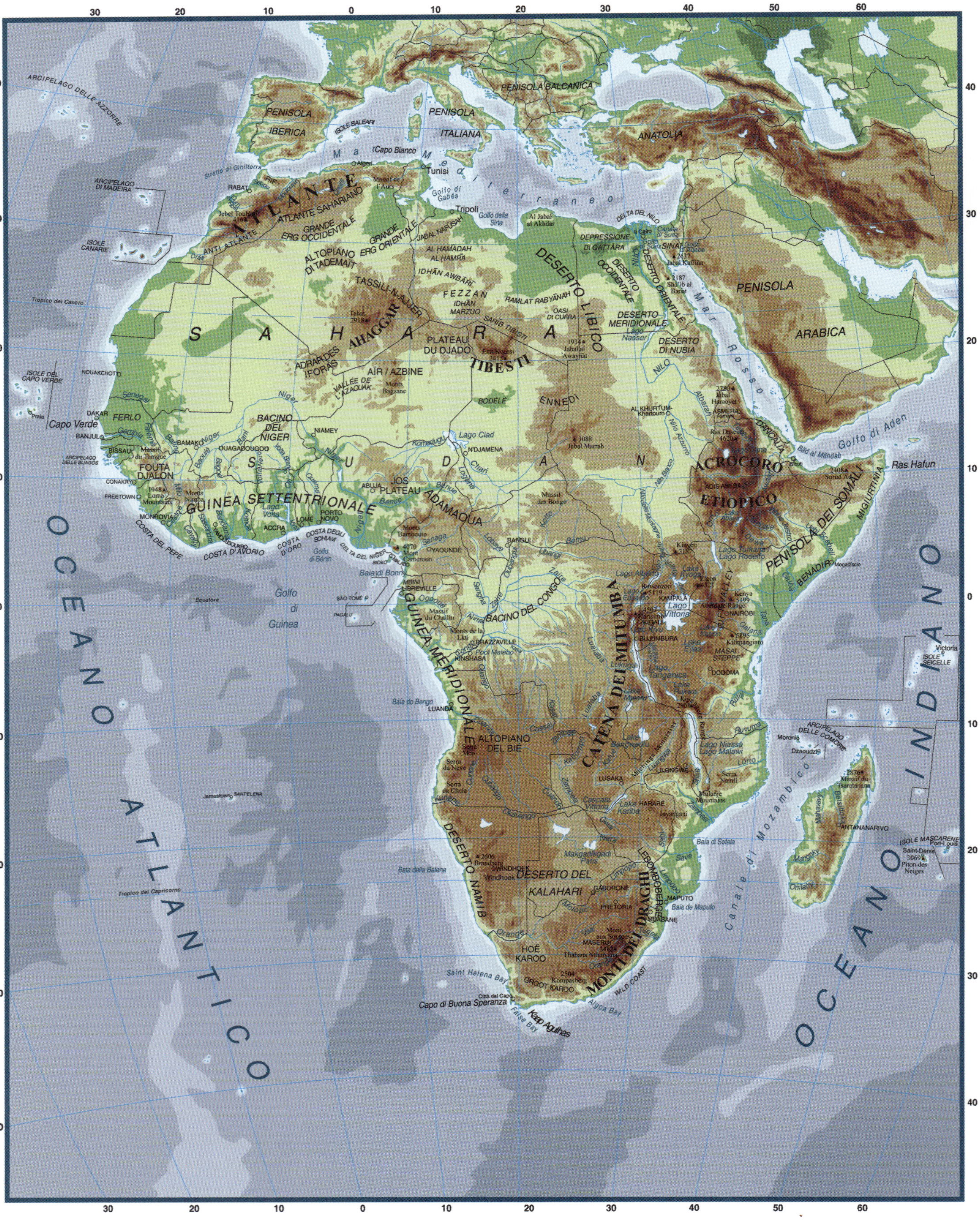

SCALA
1 : 45.000.000

0 200 400 600 800 1.000 1.500 2.000 km

○ Capitale
Confine di Stato
Canale

AFRICA POLITICA

- Città con oltre 5.000.000 di abitanti
- Città da 1.000.000 a 5.000.000 di abitanti
- Città da 500.000 a 1.000.000 di abitanti
- Città da 250.000 a 500.000 di abitanti
- Città da 100.000 a 250.000 di abitanti
- Città con meno di 100.000 di abitanti

SCALA
1 : 45.000.000

0 200 400 600 800 1.000 1.500 2.000 km

KINSHASA / Djibouti Capitali

Confine di Stato

Algeria

Superficie: 2.381.741 km^2.
Abitanti: 29.476.000
Densità: 12 abitanti per km^2.
Capitale: Algeri.
Moneta: Dinar algerino.

Nei suoi confini attuali l'Algeria ha inglobato anche un'ampia parte del Sahara, che durante l'epoca coloniale costituiva un'area con una amministrazione particolare. La parte più vitale, importante e popolata del Paese è il Maghreb, con il quale in pratica l'Algeria si identifica, sebbene la sua superficie sia solo un settimo del territorio nazionale. Il Maghreb forma una regione naturale ben distinta da quella sahariana e costituisce, con i suoi allineamenti montuosi, la prosecuzione dei rilievi del Marocco. La popolazione ha subìto profonde trasformazioni in seguito alla penetrazione degli Arabi, che non solo hanno modificato il tipo umano ma hanno soprattutto acculturato in senso islamico il Paese.

Angola

Superficie: 1.246.700 km^2.
Abitanti: 10.623.000
Densità: 9 abitanti per km^2.
Capitale: Luanda.
Moneta: Kwanza.

Benin

Superficie: 112.622 km^2.
Abitanti: 5.903.000
Densità: 52 abitanti per km^2.
Capitale: Porto Novo.
Moneta: Franco CFA.

Botswana

Superficie: 581.730 km^2.
Abitanti: 1.502.000
Densità: 3 abitanti per km^2.
Capitale: Gaborone.
Moneta: Pula.

Burkina

Superficie: 274.200 km^2.
Abitanti: 10.892.000
Densità: 40 abitanti per km^2.
Capitale: Ouagadougou.
Moneta: Franco CFA.

Burundi

Superficie: 27.834 km^2.
Abitanti: 6.054.000
Densità: 217 abitanti per km^2.
Capitale: Bujumbura.
Moneta: Franco del Burundi.

Camerun

Superficie: 475.442 km^2.
Abitanti: 14.677.000
Densità: 31 abitanti per km^2.
Capitale: Yaoundé.
Moneta: Franco CFA.

Capo Verde

Superficie: 4.033 km^2.
Abitanti: 395.000
Densità: 97 abitanti per km^2.
Capitale: Praia.
Moneta: Escudo del Capo Verde.

Centrafricana rep.

Superficie: 622.436 km^2.
Abitanti: 3.343.000
Densità: 5 abitanti per km^2.
Capitale: Bangui.
Moneta: Franco CFA.

Ciad

Superficie: 1.284.000 km^2.
Abitanti: 7.167.000
Densità: 6 abitanti per km^2.
Capitale: N' djamena.
Moneta: Franco CFA.

Comore

Superficie: 1.862 km^2.
Abitanti: 514.000
Densità: 276 abitanti per km^2.
Capitale: Moroni.
Moneta: Franco comoriano.

Congo

Superficie: 342.000 km^2.
Abitanti: 2.583.000
Densità: 108 abitanti per km^2.
Capitale: Brazzaville.
Moneta: Franco CFA.

Congo, rep. dem.

Superficie: 345.476 km^2.
Abitanti: 47.440.586
Densità: 8 abitanti per km^2.
Capitale: Brazzaville.
Moneta: Nuovo Zaire.

Il Congo è formato da tre regioni naturali distinte: una fascia costiera bassa; una serie di rilievi a pieghe parallele (massiccio di Chaillu, 1.500 m); gli altopiani che separano il bacino del fiume Ogooué da quello del Congo. Il clima è caldo e umido. Oltre metà del suolo è coperto dalla foresta equatoriale, il resto è savana e paludi. Fra la popolazione prevalgono negri Bantu, in maggioranza Bateke e Bakongo. Le due città principali, Brazzaville e Pointe-Noire, sono collegate da una ferrovia di 513 km. I legnami pregiati (okoumé, mogano, ebano) sono oggetto di esportazione; altre risorse sono l'agricoltura (arachidi, ananas, caffè, cacao), i giacimenti di petrolio e le industrie di trasformazione.

Costa d'Avorio

Superficie: 320.763 km^2.
Abitanti: 14.987.000
Densità: 47 abitanti per km^2.
Capitale: Yamoussoukro.
Moneta: Franco CFA.

Egitto

Superficie: 1.001.449 km^2.
Abitanti: 62.111.000
Densità: 62 abitanti per km^2.
Capitale: Il Cairo.
Moneta: Sterlina egiziana.

L'area coltivata e abitata coincide con la valle del Nilo, di cui l'Egitto comprende il tratto a nord della seconda cateratta, lungo circa 1.500 km; la valle e la zona del delta coprono meno di un trentesimo della superficie del paese che comprende anche il Deserto Arabo, fra il Nilo e il Mar Rosso. Invasa un tempo dal mare che vi ha lasciato depositi di calcare fossilifero, la valle del Nilo fu poi colmata da alluvioni fluviali, che costituiscono i terreni coltivati nella fascia irrigata lungo il fiume; la regione del delta, lagunare e percorsa da una rete intricata di canali, si estende per 23.000 km^2. L'estremo lembo orientale del Paese è costituito dalla penisola del Sinai, tra i golfi di Suez e di 'Aqaba.

La moschea della città del Cairo.

Eritrea

Superficie: 121.143 km^2.
Abitanti: 3.591.000
Densità: 30 abitanti per km^2.
Capitale: Asmara.
Moneta: Nakfa.

Etiopia

Superficie: 1.133.882 km^2.
Abitanti: 58.733.000
Densità: 52 abitanti per km^2.
Capitale: Addis Abeba.
Moneta: Bir.

Il territorio è formato da un ampio altopiano, separato in due parti dalla Fossa Galla. Si distingue l'Acrocoro Etiopico, a nord-ovest, dall'altopiano somalo, a sud-est. Nella parte centro-settentrionale del paese si estende il bassopiano desertico della Dancalia. Il clima è caldo nei bassopiani, temperato sull'Acrocoro e fresco nelle zone più alte. La popolazione comprende per un terzo Amhara e Tigrini, un altro terzo Galla, il resto Somali, Dancali, Sidama. Principale fonte di reddito è l'agricoltura: tra le colture primeggia il caffè; scarsa importanza hanno cotone, canna da zucchero, cereali e legumi. Diffuso è l'allevamento. Scarsamente sviluppate le industrie alimentari, tessili, del cemento, del tabacco.

Gabon

Superficie: 267.667 km^2.
Abitanti: 1.190.000
Densità: 4 abitanti per km^2.
Capitale: Libreville.
Moneta: Franco CFA.

Gambia

Superficie: 10.689 km^2.
Abitanti: 1.248.000
Densità: 117 abitanti per km^2.
Capitale: Banjul.
Moneta: Dalasi.

Ghana

Superficie: 238.533 km^2.
Abitanti: 18.102.000
Densità: 76 abitanti per km^2.
Capitale: Accra.
Moneta: Cedi.

Gibuti

Superficie: 23.200 km^2.
Abitanti: 624.000
Densità: 27 abitanti per km^2.
Capitale: Gibuti.
Moneta: Franco di Gibuti.

Guinea

Superficie: 245.857 km^2.
Abitanti: 7.406.000
Densità: 30 abitanti per km^2.
Capitale: Conakry.
Moneta: Franco della Guinea.

Guinea-Bissau

Superficie: 36.125 km^2.
Abitanti: 1.178.000
Densità: 33 abitanti per km^2.
Capitale: Bissau.
Moneta: Franco CFA.

Guinea equatoriale

Superficie: 28.051 km^2.
Abitanti: 444.000
Densità: 16 abitanti per km^2.
Capitale: Malabo.
Moneta: Franco CFA.

Kenya

Superficie: 582.646 km^2.
Abitanti: 28.805.000
Densità: 50 abitanti per km^2.
Capitale: Nairobi.
Moneta: Scellino del Kenya.

Il territorio comprende: una bassa e fertile fascia costiera di oltre 400 km, un altopiano steppico e desertico esteso fra il lago Turkana e la Somalia, un altopiano centro-occidentale sul quale si elevano isolati gruppi montuosi, un altopiano settentrionale inciso dalla fossa tettonica occupata dal lago Turkana. I fiumi sono a regime irregolare, tranne il Tana. L'agricoltura dà prodotti tropicali (caffè, cotone, banani, canna da zucchero ecc.) e le colture sono quelle da clima temperato (orzo, segale, patate, lino ecc.) nelle regioni più elevate. Si allevano bovini e suini. In sviluppo l'attività industriale.

Kenya, un caratteristico mercato.

Lesotho

Superficie: 30.355 km^2.
Abitanti: 2.009.000
Densità: 66 abitanti per km^2.
Capitale: Maseru.
Moneta: Loti.

Liberia

Superficie: 111.369 km^2.
Abitanti: 2.601.000
Densità: 23 abitanti per km^2.
Capitale: Monrovia.
Moneta: Dollaro liberiano.

Libia

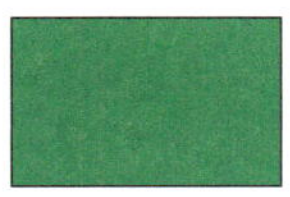

Superficie: 1.757.000 km^2.
Abitanti: 5.647.000
Densità: 3 abitanti per km^2.
Capitale: Tripoli.
Moneta: Dinaro libico.

Madagascar

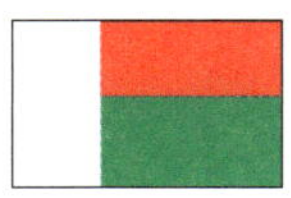

Superficie: 587.041 km^2.
Abitanti: 14.062.000
Densità: 24 abitanti per km^2.
Capitale: Antananarivo.
Moneta: Franco malgascio.

Malawi

Superficie: 118.484 km^2.
Abitanti: 9.608.000
Densità: 81 abitanti per km^2.
Capitale: Lilongwe.
Moneta: Kwacha del Malawi.

Mali

Superficie: 1.248.574 km^2.
Abitanti: 9.944.000
Densità: 8 abitanti per km^2.
Capitale: Bamako.
Moneta: Franco CFA.

Marocco

Superficie: 458.730 km^2.
Abitanti: 27.334.000
Densità: 60 abitanti per km^2.
Capitale: Rabat.
Moneta: Dirham.

Il paese comprende una fascia costiera di 1.600 km e una serie di altipiani che dalla costa si elevano fino alle catene montuose interne. A sud-est si estende il tavolato sahariano. Le principali città, oltre alla capitale, sono: Casablanca, Marrakech, Fès. L'agricoltura dà cereali, uva, olive, frutta, agrumi.

Mauritania

Superficie: 1.030.700 km^2.
Abitanti: 2.411.000
Densità: 2 abitanti per km^2.
Capitale: Nouakchott.
Moneta: Ouguiya.

Maurizio

Superficie: 1.865 km^2.
Abitanti: 1.143.000
Densità: 613 abitanti per km^2.
Capitale: Port Louis.
Moneta: Rupia di Maurizio.

Mozambico

Superficie: 799.379 km².
Abitanti: 18.176.000
Densità: 24 abitanti per km².
Capitale: Maputo.
Moneta: Metical.

Namibia

Superficie: 825.118 km².
Abitanti: 1.726.000
Densità: 2 abitanti per km².
Capitale: Windhoek.
Moneta: Dollaro namibiano.

Niger

Superficie: 1.186.408 km².
Abitanti: 9.387.000
Densità: 8 abitanti per km².
Capitale: Niamey.
Moneta: Franco CFA.

Nigeria

Superficie: 923.768 km².
Abitanti: 103.460.000
Densità: 112 abitanti per km².
Capitale: Abuja.
Moneta: Naira.

Ruanda

Superficie: 26.338 km².
Abitanti: 7.737.000
Densità: 294 abitanti per km².
Capitale: Kigali.
Moneta: Franco del Ruanda.

São Tomé e Principe

Superficie: 1.001 km².
Abitanti: 136.000
Densità: 137 abitanti per km².
Capitale: São Tomé.
Moneta: Dobra.

Seicelle

Superficie: 455 km².
Abitanti: 77.200
Densità: 170 abitanti per km².
Capitale: Victoria.
Moneta: Rupia delle Seicelle.

Senegal

Superficie: 196.712 km².
Abitanti: 9.403.000
Densità: 48 abitanti per km².
Capitale: Dakar.
Moneta: Franco CFA.

Sierra Leone

Superficie: 71.740 km².
Abitanti: 4.423.000
Densità: 62 abitanti per km².
Capitale: Freetown.
Moneta: Leone.

Somalia

Superficie: 637.657 km².
Abitanti: 6.870.000
Densità: 11 abitanti per km².
Capitale: Mogadiscio.
Moneta: Scellino somalo.

Rep. Sudafricana

Superficie: 1.219.090 km².
Abitanti: 42.445.000
Densità: 35 abitanti per km².
Capitale: Città del Capo.
Moneta: Rand sudafricano.

È formata per la maggior parte da altipiani, che rivolgono alla costa un orlo rialzato (monti dei Draghi) e formano una grandiosa scarpata, ai piedi della quale si estende una pianura costiera. Il fiume principale è l'Orange, che segna per un tratto il confine con la Namibia. È il paese più sviluppato dell'Africa, con ritmi di crescita pari a quelli dei paesi industrializzati, anche se permangono sacche di povertà e sottosviluppo legate a problematiche razziali.

Sudan

Superficie: 2.503.890 km².
Abitanti: 32.596.000
Densità: 13 abitanti per km².
Capitale: Khartoum.
Moneta: Dinaro sudanese.

Swaziland

Superficie: 17.364 km².
Abitanti: 1.030.000
Densità: 59 abitanti per km².
Capitale: Mbabane.
Moneta: Lilangeni.

Tanzania

Superficie: 945.090 km².
Abitanti: 29.466.000
Densità: 31 abitanti per km².
Capitale: Dodoma.
Moneta: Scellino della Tanzania.

Togo

Superficie: 56.785 km².
Abitanti: 4.756.000
Densità: 84 abitanti per km².
Capitale: Lomé.
Moneta: Franco CFA.

Tunisia

Superficie: 164.150 km².
Abitanti: 9.219.000
Densità: 56 abitanti per km².
Capitale: Tunisi.
Moneta: Dinaro tunisino.

Il territorio è montuoso a nord, dove si allineano parallelamente alla costa i monti della Medjerda, prosecuzione dell'Atlante Algerino; altre alture, i Tell, digradano su una fascia pianeggiante costiera, chiamata Sahel. A sud, le basse terre sono divise in due settori distinti dai monti del Ksour: a ovest il Sahara tunisino, a est la Gefara. Le coste si articolano nei golfi di Tunisi, Hammamet e Gabès. L'economia è a carattere agricolo (cereali, uva, olive, ortaggi, agrumi, frutta e datteri) e pastorale (ovini, caprini, bovini). Diffusi i sughereti. Notevole sviluppo ha la pesca di tonni, sardine e spugne.

Uganda

Superficie: 241.038 km².
Abitanti: 20.606.000
Densità: 85 abitanti per km².
Capitale: Kampala.
Moneta: Nuovo Scellino ugandese.

Zambia

Superficie: 752.614 km².
Abitanti: 9.32.000
Densità: 12 abitanti per km².
Capitale: Lusaka.
Moneta: Kwacha zambiano.

Zimbabwe

Superficie: 390.747 km².
Abitanti: 11.424.000
Densità: 29 abitanti per km².
Capitale: Harare.
Moneta: Dollaro dello Zimbabwe.

Tunisia, ghorfa di Medenine.

AMERICA SETTENTRIONALE FISICA

- Città con oltre 5.000.000 di abitanti
- Città da 1.000.000 a 5.000.000 di abitanti
- Città da 500.000 a 1.000.000 di abitanti
- Città da 250.000 a 500.000 di abitanti
- Città da 100.000 a 250.000 di abitanti
- Città con meno di 100.000 abitanti

SCALA
1 : 45.000.000

0 200 400 600 800 1.000 1.500 2.000 km

WASHINGTON Capitale di Confederazione
San Salvador Capitale di stato
Confine di Stato

AMERICA SETTENTRIONALE POLITICA

Antigua e Barbuda

Superficie: 442 km².
Abitanti: 64.400
Densità: 146 abitanti per km².
Capitale: Saint John's.
Moneta: Dollaro dei Caraibi Orientali.

Bahamas

Superficie: 13.939 km².
Abitanti: 287.000
Densità: 21 abitanti per km².
Capitale: Nassau.
Moneta: Dollaro delle Bahamas.

Barbados

Superficie: 91.835 km².
Abitanti: 9.952.156
Densità: 108 abitanti per km².
Capitale: Bridgetown.
Moneta: Dollaro di Barbados.

Belize

Superficie: 22.965 km².
Abitanti: 227.000
Densità: 10 abitanti per km².
Capitale: Belmopan.
Moneta: Dollaro del Belize.

Canada

Superficie: 9.970.610 km².
Abitanti: 30.286.000
Densità: 3 abitanti per km².
Capitale: Ottawa.
Moneta: Dollaro canadese.

Il territorio del Canada si può distinguere in quattro regioni naturali: lo scudo Canadese e i Plains, le cordigliere Canadesi, il bassopiano del San Lorenzo e i rilievi Appalachiani. Le città sono sorte come centri focali dell'organizzazione territoriale, sono state cioè le basi da cui è partita l'occupazione umana del vasto territorio. Il loro sviluppo è stato determinato dall'impostazione essenzialmente commerciale dell'economia canadese e, più di recente, dalla crescita dell'industria. È un Paese ricchissimo, autosufficiente ed enormemente favorito pressoché in ogni genere di materie prime, sia minerarie sia agricole.

Costa Rica

Superficie: 51.100 km².
Abitanti: 3.467.000
Densità: 68 abitanti per km².
Capitale: San José.
Moneta: Colón.

Cuba

Superficie: 110.861 km².
Abitanti: 11.190.000
Densità: 101 abitanti per km².
Capitale: L'Avana.
Moneta: Peso cubano.

Stato dell'America Centrale, formato dall'isola omonima e da circa 1.600 tra scogli e isolotti. È affacciata all'Oceano Atlantico a nord, al golfo del Messico a nord-ovest e al Mar delle Antille a sud; dista solo 160 km dagli Stati Uniti e 220 km dal Messico dai quali è separata mediante gli stretti della Florida e il Canale dello Yucatán; all'estremità orientale invece il Paso del Viento divide Cuba dall'isola di Hispaniola.

Dominica

Superficie: 751 km².
Abitanti: 74.800
Densità: 100 abitanti per km².
Capitale: Roseau.
Moneta: Dollaro dei Caraibi Orientali.

Dominicana, rep.

Superficie: 48.511 km².
Abitanti: 7.802.000
Densità: 161 abitanti per km².

Honduras, rovine Maya a Copan.

Capitale: Santo Domingo.
Moneta: Peso dominicano.

El Salvador

Superficie: 21.041 km².
Abitanti: 5.661.000
Densità: 269 abitanti per km².
Capitale: San Salvador.
Moneta: Colón.

Giamaica

Superficie: 10.991 km².
Abitanti: 2.535.000
Densità: 231 abitanti per km².
Capitale: Kingston.
Moneta: Dollaro giamaicano.

Grenada

Superficie: 344 km².
Abitanti: 98.300
Densità: 285 abitanti per km².
Capitale: Saint George's.
Moneta: Dollaro dei Caraibi Orientali.

Guatemala

Superficie: 108.889 km².
Abitanti: 11.242.000
Densità: 103 abitanti per km².
Capitale: Guatemala.
Moneta: Quetzal.

Il territorio è in buona parte occupato da rilievi vulcanici. A nord si estende una regione bassa e uniforme, il tavolato calcareo del Petén; la costa pacifica è formata da una pianura alluvionale orlata di lagune. L'economia è basata sull'agricoltura (banane, caffè, di cui il Guatemala è uno dei massimi produttori mondiali, canna da zucchero, cereali, patate dolci, cotone, tabacco) e sull'allevamento bovino, ovino, suino, equino. Negli ultimi anni si è verificata una buona crescita delle industrie e del turismo.

Haiti

Superficie: 27.700 km².
Abitanti: 6.624.000
Densità: 239 abitanti per km².
Capitale: Port-au-Prince.
Moneta: Gourde.

Honduras

Superficie: 112.088 km².
Abitanti: 5.648.000
Densità: 51 abitanti per km².
Capitale: Tegucigalpa.
Moneta: Lempira.

Messico

Superficie: 1.958.201 km².
Abitanti: 94.28.000
Densità: 48 abitanti per km².
Capitale: Città del Messico.
Moneta: Nuovo Peso messicano.

Il Messico presenta un territorio prevalentemente montuoso; lungo la costa dell'oceano Pacifico si estende per 300 km la Sierra Madre Occidental, mentre lungo le coste dell'Atlantico si trova la Sierra Madre Oriental. In mezzo si trova la Mesa Central, un altopiano che ha vulcani ancora attivi. Isolate dal nucleo centrale sono le penisole di California e dello Yucatán. La capitale, Città del Messico, è la metropoli più popolata del mondo (10 milioni di abitanti, 20 milioni compreso l'agglomerato urbano). L'economia del Messico si basa principalmente sulla coltivazione di mais, caffè, vaniglia e cotone. Le zone aride del nord sono, invece, riservate all'allevamento bovino.

Nicaragua

Superficie: 131.812 km^2.
Abitanti: 4.631.000
Densità: 35 abitanti per km^2.
Capitale: Managua.
Moneta: Córdoba.

Panamá

Superficie: 75.517 km^2.
Abitanti: 2.719.000
Densità: 36 abitanti per km^2.
Capitale: Panamá.
Moneta: Balboa.

Puerto Rico

Superficie: 9.104 km^2.
Abitanti: 3.808.000
Densità: 418 abitanti per km^2.
Capitale: San Juan.
Moneta: Dollaro.

Saint Kitts e Nevis

Superficie: 269,4 km^2.
Abitanti: 41.700
Densità: 115 abitanti per km^2.
Capitale: Basseterre.
Moneta: Dollaro dei Caraibi Orientali.

Saint Lucia

Superficie: 616 km^2.
Abitanti: 147.000
Densità: 240 abitanti per km^2.
Capitale: Castries.
Moneta: Dollaro dei Caraibi Orientali.

Saint Vincent e Grenadine

Superficie: 389 km^2.
Abitanti: 116.000
Densità: 288 abitanti per km^2.
Capitale: Kingstown.
Moneta: Dollaro dei Caraibi.

Stati Uniti

Superficie: 9.372.614 km^2.
Abitanti: 267.637.000
Densità: 29 abitanti per km^2.
Capitale: Washington.
Moneta: Dollaro USA.

Panama, la città moderna con i suoi grattacieli in vetro e acciaio.

Gli Stati Uniti d'America sono una repubblica federale di tipo presidenziale che comprende 50 stati; con i loro 9.363.000 km^2 si estendono all'intera fascia mediana dell'America Settentrionale. Comprendono anche l'Alaska, le isole Hawaii e le dipendenze di Puerto Rico nelle Antille. Essi confinano a nord con il Canada e a sud con il Messico. I tre fronti marittimi sull'Atlantico, sul Golfo del Messico e sul Pacifico, assicurano agli Stati Uniti una posizione centrale favorendo le relazioni con l'Europa, l'America Meridionale e l'Estremo Oriente. La storia degli Stati Uniti inizia nel 1584, quando arrivarono in America i primi europei che fondarono le prime colonie. Anche se il primo scopritore dell'America è Cristoforo Colombo, che vi sbarcò nel 1492. Nel 1776 le colonie, sotto la guida di G. Washington, riuscirono ad ottenere l'indipendenza dall'Inghilterra. Dopo l'intervento determinante nella prima e seconda guerra mondiale, gli USA raggiunsero un'importanza tale da diventare lo stato leader del panorama mondiale sia sotto l'aspetto politico sia economico. Proprio degli Stati Uniti è il "melting pot" che significa una mescolanza di nazioni: la popolazione è infatti composta dai discendenti di persone emigrate da tutto il mondo. I veri indigeni, i pellerossa, sono ora solo lo 0,8% di una popolazione di oltre 250 milioni di abitanti. Il livello di benessere è il più elevato del mondo, anche se esistono molti squilibri tra ricchi e poveri. L'agricoltura è meccanizzata, le colture di cotone e la produzione di legname sono tra le più grandi al mondo e la produzione di cereali è pari al 50% della produzione mondiale. A sud vengono coltivati tabacco, frutta, agrumi, canna da zucchero. L'allevamento di bovini, ovini e caprini è fiorente anche grazie all'abbondanza di pascoli. Gli USA sono leader in tutti i mercati, sono avanzati in tutti i campi, dalle attività primarie e secondarie avvantaggiate dall'aiuto delle nuove tecnologie. Le innumerevoli risorse sono una delle cause del loro primato mondiale, infatti ogni settore dell'economia è molto produttivo; ma il fabbisogno di petrolio che la loro economia richiede costringe le grandi compagnie petrolifere a cercare di accaparrarsi il ricco mercato arabo che a volte causa forti tensioni con l'area medio-orientale, minandone il delicato equilibrio.

Los Angeles, chiamata anche "la città degli Angeli" o, più familiarmente, LA.

AMERICA MERIDIONALE FISICA

0 200 500 1000 2000 3000 4000 5000 > 5000 m.

0 200 3000 5000 6000 > 6000 m.

0 200 400 600 800 1.000 1.500 2.000 km

○ Capitale
Confine di Stato
Canale
Fiume
Lago

AMERICA MERIDIONALE POLITICA

Città con oltre 5.000.000 di abitanti
Città da 1.000.000 a 5.000.000 di abitanti
Città da 500.000 a 1.000.000 di abitanti
Città da 250.000 a 500.000 di abitanti
Città da 100.000 a 250.000 di abitanti
Città con meno di 100.000 di abitanti
CARACAS Cayenne Capitali

0 200 400 600 800 1.000 1.500 2.000 km

Confine di Stato
Canale

Argentina

Superficie: 2.780.092 km^2.
Abitanti: 35.522.000
Densità: 13 abitanti per km^2.
Capitale: Buenos Aires.
Moneta: Peso argentino.

Il carattere del territorio è dato dalla netta contrapposizione fra le pianure orientali e la cordigliera andina, che segna il confine col Cile. Nella parte settentrionale i rilievi hanno aspetto massiccio ed esteso. Nelle Ande centrali la catena si restringe, ma si fa più impervia, raggiungendo le massime altezze (Aconcagua 6959 m, Mercedario 6770 m). Le Ande patagoniche (culminanti a 3554 m nel Cerro Tronador) sono ricoperte di nevi e di ghiacciai malgrado l'altezza relativamente modesta. A est della regione andina s'incontrano regioni molto varie sia dal punto di vista climatico sia da quello morfologico. Da nord a sud si distinguono il Chaco, vasto bassopiano attraversato da fiumi dal corso lento e coperto da una prateria sparsa di arbusti; la Pampa, sterminata distesa pianeggiante, con clima temperato, ricoperta da una steppa di graminacee che l'uomo ha sostituito in parte con colture di cereali; la Mesopotamia argentina, compresa tra i fiumi Paraná e Uruguay, bassa e paludosa; la regione patagonica, a sud del Río Colorado, steppica e poco popolata. La principale coltura è il frumento; fra gli altri cereali notevoli l'orzo, l'avena, la segale e il riso. Grande importanza rivestono le colture industriali: semi di lino e di girasole, cotone e canna da zucchero. La viticoltura è specialmente estesa nelle province di Mendoza e di San Juan. I prodotti dell'allevamento (bovini e ovini) alimentano fiorenti industrie casearie e delle carni refrigerate e congelate. Difettano le risorse minerarie: si estraggono modesti quantitativi di ferro e carbone, mentre è in aumento la produzione di petrolio (giacimenti nelle province di Chubut e Santa Cruz). L'industria siderurgica ha permesso un certo progresso dell'industria meccanica (macchine agricole, autoveicoli). Notevoli anche le industrie tessili e le industrie alimentari. Il forte debito estero e l'altissimo tasso interno di inflazione condizionano pesantemente lo sviluppo dell'economia argentina.

Bolivia

Superficie: 1.098.581 km^2.
Abitanti: 7.898.000
Densità: 7 abitanti per km^2.
Capitale: La Paz e Sucre.
Moneta: Peso boliviano.

Colombia, centro storico di Santa Cruz di Monpox.

Brasile

Superficie: 8.511.996 km^2.
Abitanti: 162.824.000
Densità: 18 abitanti per km^2.
Capitale: Brasilia.
Moneta: Real.

Il Brasile è il maggior Stato del Sudamerica per estensione, infatti occupa circa la metà del territorio. La forma del territorio ricorda un triangolo e sotto l'aspetto morfologico non presenta grandi catene montuose (le montagne più elevate non superano i 3.000 m), mentre le pianure ricoprono circa il 40% del territorio. La più estesa è la pianura dell'Amazzonia, che si estende per circa 2.000.000 km^2 ed è ricoperta parzialmente dalla più vasta foresta della Terra. I fiumi, numerosi e imponenti, basti pensare al Rio delle Amazzoni, hanno grande importanza in quanto conferiscono un notevole impulso al traffico fluviale e marittimo. Il clima è molto variabile: nelle zone tropicali stagioni calde e piovose si alternano a periodi freschi ed asciutti; nelle zone di montagna il clima è temperato, mentre nelle regioni pianeggianti è umido. Le temperature variano dai 12 ai 28°C. Economicamente il Brasile è il più grande produttore al mondo di caffè. Qui si coltivano inoltre cacao e canna da zucchero. Anche l'allevamento del bestiame costituisce una grandissima fonte di reddito. Il Brasile è anche il più grande produttore mondiale di legname e di prodotti derivati, in particolare caucciù. Da moltissime zone del Brasile si estraggono bauxite, oro, minerali di ferro, manganese, nickel, fosfati, platino, stagno, uranio. In rapida espansione sono inoltre le industrie tessili, alimentari e della carta.

Patagonia e Terra del Fuoco.

Cile

Superficie: 765.626 km^2.
Abitanti: 14.682.000
Densità: 19 abitanti per km^2.
Capitale: Santiago.
Moneta: Peso cileno.

Il Cile confina a nord con il Perù, a nord-est con la Bolivia, a est con l'Argentina e a ovest si affaccia sull'oceano Pacifico. È formato da una lunga striscia di territorio, compresa fra le Ande e il mare, che corre lungo la costa per circa 4.300 km, fino all'estrema parte meridionale dell'America Latina. Nella zona settentrionale il territorio è prevalentemente montuoso, con deserti e cordigliere; nella zona centrale si estendono i rilievi della Cordigliera delle Ande, cui seguono alcune valli: le zone più intensamente popolate e coltivate del paese. Il territorio della regione meridionale è montuoso. Nell'estremo sud si possono trovare fiordi e ghiacciai e la vegetazione è praticamente assente. La zona settentrionale è arida, ma ricca di minerali. Nella zona centrale, grazie anche al clima mite e ai numerosi corsi d'acqua, fioriscono l'agricoltura e gli allevamenti. In questa zona si concentra la maggior parte della popolazione cilena e si trovano i centri urbani principali. La zona meridionale invece è ricca di pascoli e di foreste, che forniscono grandi quantità di legname. Scendendo sempre più a sud i pascoli lasciano il posto ai ghiacci della Terra del Fuoco.

Colombia

Superficie: 1.141.748 km^2.
Abitanti: 41.130.000
Densità: 35 abitanti per km^2.
Capitale: Santa Fe de Bogotà.
Moneta: Peso colombiano.

Il territorio della Colombia è montuoso a ovest con le tre fasce parallele della Cordigliera delle Ande: Cordigliera Orientale, Cordigliera Centrale e Cordigliera Occidentale. Nella parte orientale, invece, si estende una vasta pianura, solcata da numerosi fiumi. Le attività principali si basano sulla coltivazione e l'esportazione di caffè e di banane e sulle ricchezze del sottosuolo: oro, argento, platino, smeraldi, petrolio e carbone.

Ecuador

Superficie: 272.045 km^2.
Abitanti: 12.036.000
Densità: 44 abitanti per km^2.
Capitale: Quito.
Moneta: Sucre.

Guyana

Superficie: 215.083 km^2.
Abitanti: 789.000
Densità: 3 abitanti per km^2.
Capitale: Georgetown.
Moneta: Dollaro della Guyana.

Paraguay

Superficie: 406.752 km^2.
Abitanti: 6.128.000
Densità: 13 abitanti per km^2.
Capitale: Asunción.
Moneta: Guaraní.

Confina a nord-ovest con la Bolivia, a nord-est e ad est con il Brasile, a sud e sud-ovest con l'Argentina. Come creazione politica il Paraguay trae la sua origine dai moti d'indipendenza che agli inizi del secolo scorso scossero i vecchi domini dell'America Latina. Esso tuttavia ha stentato, più delle altre repubbliche nate dalla dissoluzione dell'impero coloniale spagnolo, a raggiungere un assestamento definitivo. Il paese, posto nel cuore del continente sudamericano, è privo di sbocco al mare e di una unità geografica definita se non quella con il fiume che gli dà il nome. Il Paraguay si è trovato spesso compresso tra due vicini molto potenti, il Brasile e l'Argentina, e per i folli sogni di grandezza dei vari dittatori è stato coinvolto in lunghe e sanguinose guerre. Uscito stremato di uomini e risorse da tali terribili prove, il Paraguay si è ancor più chiuso in se stesso, sottolineando quell'isolamento che già gli derivava dalla posizione geografica; soggetto a una politica conservatrice, solo di recente il paese ha dato chiare indicazioni di voler uscire da una secolare situazione di sottosviluppo.

Perú

Superficie: 1.285.216 km^2.
Abitanti: 25.628.000
Densità: 19 abitanti per km^2.
Capitale: Lima.
Moneta: Nuovo Sol.

Confina a nord con l'Ecuador, a nord-est con la Colombia, a est con il Brasile, a sud-est con la Bolivia, a sud con il Cile, ed è bagnato a ovest dall'Oceano Pacifico; al Perú appartiene la parte occidentale del lago Titicaca, al confine boliviano. Nel territorio peruviano si possono distinguere tre grandi regioni naturali: la regione andina (Sierra), la regione amazzonica (Montaña o Selva) e la regione costiera (Costa). Situato tra la regione amazzonica e quella costiera, il sistema andino occupa un terzo circa del territorio dello Stato.

Chinchero, grazioso villaggio del Perù, il cui nome significa "arcobaleno".

Ecuador, la "Mitad del mundo" sulla linea dell'equatore.

Suriname

Superficie: 163.820 km^2.
Abitanti: 517.000
Densità: 3 abitanti per km^2.
Capitale: Paramaribo.
Moneta: Fiorino di Suriname.

Trinidad e Tobago

Superficie: 5.130 km^2.
Abitanti: 1.275.000
Densità: 248 abitanti per km^2.
Capitale: Port of Spain.
Moneta: Dollaro di Trinidad e Tobago.

Uruguay

Superficie: 176.215 km^2.
Abitanti: 3.235.000
Densità: 18 abitanti per km^2.
Capitale: Montevideo.
Moneta: Nuovo Peso uruguayano.

Confina a ovest con l'Argentina a nord e a nord-est con il Brasile e a a sud e a sud-est si affaccia sul Río de la Plata e sull'oceano Atlantico. Il confine con l'Argentina è segnato dal fiume Uruguay. La denominazione ufficiale dello Stato, República Oriental del Uruguay, è dovuta al fatto che in epoca coloniale questa regione corrispondeva alla Banda Oriental del vicereame spagnolo del Río de la Plata. Già nazione ricca, democratica, nota per la sua avanzatissima legislazione sociale, il Paese è stato duramente colpito dalla crisi economica che ha investito l'America Latina negli anni Sessanta e che si è tradotta in un sempre minor assorbimento dei prodotti agricoli e zootecnici uruguayani da parte dei mercati internazionali. Ciò ha minato non solo la prosperità ma anche la pace interna dell'Uruguay che, stretto tra due Stati ben più potenti, ha finito con l'appoggiarsi sempre più al Brasile.

Venezuela

Superficie: 912.050 km^2.
Abitanti: 21.495.000
Densità: 23 abitanti per km^2.
Capitale: Caracas.
Moneta: Bolivar.

Denominata precedentemente República de Venezuela, dal 15 dicembre 1999 ha assunto il nome di República Bolivariana de Venezuela. Scoperta da Cristoforo Colombo, che nel 1498 nel corso del suo terzo viaggio in America giunse alle foci dell'Orinoco, il Venezuela deve il nome al portoghese Alfonso de Ojeda e ad Amerigo Vespucci. L'economia del Paese si basa sulle attività estrattive e di trasformazione del petrolio, ma può contare anche su altre risorse minerarie da sfruttare e su territori nuovi e vergini da conquistare nell'interno. Il Venezuela è attualmente un paese ben deciso a impiegare le sue grandi ricchezze per recuperare la lunga inerzia del passato, qualificandosi come una delle più dinamiche e moderne espressioni politiche dell'intera area latino-americana.

OCEANIA FISICA

SCALA
1 : 63.000.000

0 250 500 750 1.000 1.500 2.000 3.000 km

Confine di Stato
Canale
Barriera corallina
Scoglio

OCEANIA POLITICA

- Città da 1.000.000 a 5.000.000 di abitanti
- Città da 500.000 a 1.000.000 di abitanti
- Città da 250.000 a 500.000 di abitanti
- Città da 100.000 a 250.000 di abitanti
- Città con meno di 100.000 abitanti

SCALA
1 : 63.000.000

0 250 500 750 1.000 1.500 2.000 3.000 km

Confine di Stato
MELBOURNE Capitale di Stato
Canberra Capitale di Federazione

Australia

Superficie: 7.682.300 km^2.
Abitanti: 18.586.000
Densità: 2 abitanti per km^2.
Capitale: Canberra.
Moneta: Dollaro australiano.

Generalmente l'Australia è considerata parte dell'Oceania, ma in realtà rappresenta un'unità geografica ben distinta, formata da una immensa isola di circa 7.700.000 km^2, la più grande del mondo o, secondo altri, il più piccolo continente, data anche la sua struttura "continentale". Scoperta dagli Europei appena nel secolo XVII, è talora chiamata "continente nuovissimo", mentre il nome deriva da quella *Terra Australis* di cui si favoleggiava sin dall'antichità. La sua occupazione e il suo popolamento, iniziati nel secolo XIX, sono fondamentalmente opera degli inglesi, con successivi apporti di altri gruppi europei, soprattutto di italiani. L'assenza di contrasti con le popolazioni originarie, rimaste sino a oggi immerse in una loro inerme e remota preistoria, la vastità degli spazi, l'omogeneità razziale fermamente difesa dagli immigrati sono tutti fattori che hanno contribuito alla grande ascesa dell'Australia: non più semplice terra di colonizzazione soggetta agli interessi della Gran Bretagna, è oggi una nazione dal ruolo sempre più decisivo nello scacchiere sudorientale del globo; nonostante la scarsa densità di popolazione riveste enorme importanza perché costituisce un Paese di matrice europea, nella vasta area compresa tra l'Asia meridionale e le isole del Pacifico.

Australia, Melbourne e i suoi grattacieli.

Figi

Superficie: 10.270 km^2.
Abitanti: 893.354
Densità: 87 abitanti per km^2.
Capitale: Suva.
Moneta: Dollaro figiano.

Kiribati

Superficie: 811 km^2.
Abitanti: 82.600
Densità: 102 abitanti per km^2.
Capitale: Bairiki.
Moneta: Dollaro australiano.

Marshall

Superficie: 181 km^2.
Abitanti: 58.000
Densità: 300 abitanti per km^2.
Capitale: Dalap-Uliga-Darrit.
Moneta: Dollaro USA.

Micronesia

Superficie: 707 km^2.
Abitanti: 108.000
Densità: 148 abitanti per km^2.
Capitale: Palikir.
Moneta: Dollaro USA.

Nauru

Superficie: 21,2 km^2.
Abitanti: 10.700
Densità: 500 abitanti per km^2.
Capitale: Yaren.
Moneta: Dollaro australiano.

Nuova Zelanda

Superficie: 270.534 km^2.
Abitanti: 3.755.000
Densità: 13 abitanti per km^2.
Capitale: Wellington.
Moneta: Dollaro neozelandese.

La Nuova Zelanda è formata da due isole principali: Isola del Nord e Isola del Sud e da molte altre isole minori. Scoperta dal navigatore olandese Tasman (ed è appunto all'olandese Zelanda che il Paese si rifà nel nome), esplorata oltre centovent'anni dopo dal capitano inglese Cook, la Nuova Zelanda è oggi popolata per il 90% da discendenti di europei, essenzialmente inglesi, che colonizzarono il territorio a partire dalla metà del secolo XIX, emarginando totalmente i preesistenti abitatori, i polinesiani Maori, oggi stanziati in riserve. Gli inglesi riuscirono così a imporre al paese, oltre a lingua e religione, anche le consuetudini di vita, l'organizzazione economica e sociale, il sistema politico e la cultura in genere; vollero perfino ricreare un ambiente naturale a immagine di quello della Gran Bretagna, cui la Nuova Zelanda, specie l'Isola del Nord, assomiglia nei verdi paesaggi. L'isolamento geografico ha tuttavia favorito il sorgere e il consolidarsi di una spiccata identità nazionale, traendo particolare motivo d'orgoglio dall'altissimo livello di vita raggiunto dal paese, assimilabile a quello degli stati scandinavi.

Palau

Superficie: 487 km^2.
Abitanti: 18.056.000
Densità: 35 abitanti per km^2.
Capitale: Koror.
Moneta: Dollaro USA.

Papua Nuova Guinea

Superficie: 462.840 km^2.
Abitanti: 5.820.000
Densità: 10 abitanti per km^2.
Capitale: Port Moresby.
Moneta: Kina.

Salomone

Superficie: 28.370 km^2.
Abitanti: 457.000

Nuova Zelanda, veduta di Auckland.

Densità: 14 abitanti per km^2.
Capitale: Honiara.
Moneta: Dollaro delle Isole Salomone.

Samoa

Superficie: 2.831 km^2.
Abitanti: 170.630
Densità: 60 abitanti per km^2.
Capitale: Apia.
Moneta: Dollaro della Samoa.

Tonga

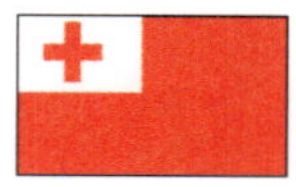

Superficie: 748 km^2.
Abitanti: 102.900
Densità: 135 abitanti per km^2.
Capitale: Nuku'alofa.
Moneta: Paanga.

Tuvalu

Superficie: 23,96 km^2.
Abitanti: 10.600
Densità: 430 abitanti per km^2.
Capitale: Vaiaku.
Moneta: Dollaro di Tuvalu.

Vanuatu

Superficie: 12.190 km^2.
Abitanti: 175.600
Densità: 14 abitanti per km^2.
Capitale: Port Vila.
Moneta: Vatu.

Artide

L'Artide fu scoperta casualmente: gli esploratori infatti stavano cercando un passaggio che portasse dall'Atlantico al Pacifico, lungo le coste delle Terre Artiche asiatiche (il passaggio a Nord Est) e delle terre Artiche americane (il passaggio a nord-ovest).

Tra i numerosi esploratori sono famosi, per il passaggio a nord-est, Chancellor, il quale nel 1553 arrivò al Mar Bianco; Bering, il quale raggiunse la penisola dei Ciukci, e infine Nordenskjold il quale effettuò il passaggio dello stretto di Bering. Tra coloro che cercavano il passaggio di nord-ovest ricordiamo Baffin e Peary; quest'ultimo, nel 1909, raggiunse per primo il Polo Nord. Il primo esploratore a sorvolare il Polo fu Amundsen con il dirigibile Norge. Nel 1958 il sommergibile atomico americano Nautilus effettuò la prima traversata sottomarina della banchisa polare. L'Artide è formato dalle terre che si trovano nel Circolo Polare Artico: le zone più settentrionali dell'Europa, dell'Asia e dell'America, e il gruppo delle isole sparse nel Mar Glaciale Artico.

Il clima è molto rigido e le temperature oscillano fra i -10 e i -20°C, con minime di -50 nella Siberia e massime di +10 in estate. In questo continente vi sono solo due stagioni: l'estate, con 186 giorni di luce e l'inverno con 179 giorni di buio. Nelle zone più settentrionali non vi è flora, mentre alle latitudini più basse si trovano tundre, salici nani e muschi. Gli animali che vi vivono sono: renne, orsi bianchi, lupi, volpi polari, trichechi, foche e balene. Qui vivono gli eschimesi (Inuit), che si nutrono grazie ai prodotti ricavati dalla caccia e dalla pesca, i lapponi, i ziriani e i samoidei, gruppi nomadi dediti all'allevamento delle renne. Il sottosuolo è ricco di giacimenti di oro, piombo, petrolio, ferro e carbon fossile.

Antartide

Il continente antartico venne scoperto nel 1773 dal capitano Cook. Nell'anno 1823 invece Weddell si spinse fino al golfo che adesso porta il suo nome. Nel 1843 Ross raggiunse la Terra Vittoria, arrivando fino a 78°9' di latitudine sud. Pochi anni più tardi Scott arrivò a 82°17' di latitudine e il 14 dicembre 1911 Amundsen conquistò il polo.

L'antartide è compresa quasi totalmente all'interno del Circolo Polare Antartico.

La sua superficie è di 13.000.000 di km² oltre a numerose isole.

Tutto il continente è interamente coperto da una lastra di ghiaccio che forma un'unica calotta molto spessa: in alcune zone raggiunge anche i 3.000 m.

Sulla sua superficie vi sono ampi altipiani e numerose catene montuose, tra cui la catena Regina Alessandra, con cime che superano i 4.000 m. Le coste sono di solito piatte e regolari, ma in alcune zone sono frastagliate. Nel continente antartico si trovano anche due profonde insenature che formano i mari di Weddell e di Ross.

Il clima è molto rigido e, in inverno, la temperatura scende anche fino a -60°C, mentre d'estate si mantiene sullo 0.

Il continente non è abitato dall'uomo a causa delle basse temperature. La sola vegetazione è costituita da licheni e muschio, la fauna invece comprende numerose specie di pesci, animali, uccelli marini, cetacei, foche, otarie, orsi e pinguini.

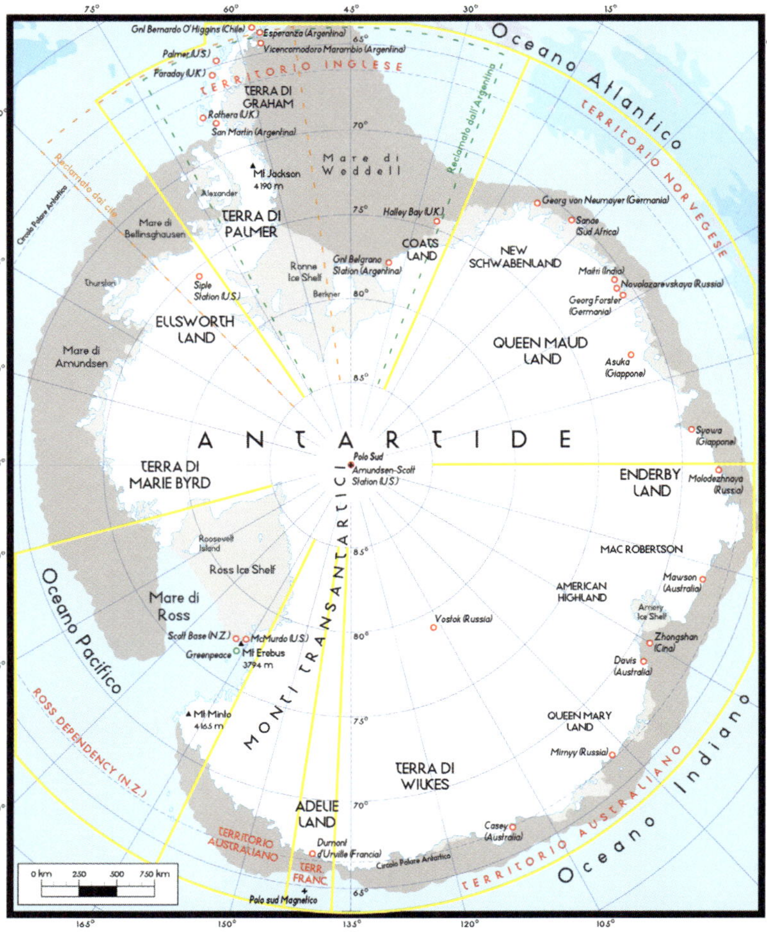

INDICE ANALITICO DELLE LOCALITÀ